DER ANGRIFF AUF DEN ALPHA

DIE GROSSSTADT-LYKANER
BUCH EINS

EVE LANGLAIS

Copyright © 2023 Eve Langlais
Englischer Originaltitel: »Alpha Attacked (Big City Lycans Book 1)«
Deutsche Übersetzung: Noëlle-Sophie Niederberger für Daniela Mansfield Translations 2023

Alle Rechte vorbehalten. Dies ist ein Werk der Fiktion. Namen, Darsteller, Orte und Handlung entspringen entweder der Fantasie der Autorin oder werden fiktiv eingesetzt. Jegliche Ähnlichkeit mit tatsächlichen Vorkommnissen, Schauplätzen oder Personen, lebend oder verstorben, ist rein zufällig.
Dieses Buch darf ohne die ausdrückliche schriftliche Genehmigung der Autorin weder in seiner Gesamtheit noch in Auszügen auf keinerlei Art mithilfe elektronischer oder mechanischer Mittel vervielfältigt oder weitergegeben werden.

Titelbild entworfen von:
Melony Paradise of ParadiseCoverDesign.com © 2022
Herausgegeben von: Eve Langlais www.evelanglais.com

eBook: ISBN: 978-1-77384-370-4
Taschenbuch: ISBN: 978-1-77384-371-1

Besuchen Sie Eve im Netz!

KAPITEL EINS

Während einer Vollmondnacht zu arbeiten war beschissen für diejenigen, die in der Notaufnahme angestellt waren. Es war nicht nur ein Mythos, dass die Leute sich ein wenig verrückter verhielten. Es passierte. Jedes. Verflixte. Mal.

Grundlose Angriffe. Halluzinationen. Und aus irgendeinem Grund kamen mehr Leute, die von einem Hund gebissen worden waren.

Wie auch die anderen Angestellten des Krankenhauses musste Maeve regelmäßig die Nachtschicht bei Vollmond übernehmen. Sie drehte ihre Runden, Zimmer für Zimmer, um die Leute zu behandeln. Ein Paar, das beschlossen hatte, seine Liebe mit Blut zu besiegeln, musste genäht werden, weil sie ein wenig zu tief geschnitten hatten. Da war der Mann, der zum zweiten Mal in dieser Nacht eine Überdosis genommen hatte und ihr Angebot einer Drogenberatung ablehnte. Sie teilte drei anderen Leuten mit, dass sie keine Opiate verschreiben würde, und wurde dafür beschimpft. Das übliche Zeug.

Sie ließ das alles an sich abprallen. Sucht konnte eine schreckliche Sache sein. Bei Maeve war es Schokolade. Nicht das billige Zeug, das man im Laden um die Ecke bekam. Sie mochte ihre importierten belgischen Leckereien. Sie war dafür bekannt, leicht reizbar zu sein, wenn ihre Tage kamen und ihr kein Stück schokoladenhaltigen Paradieses auf der Zunge zerging.

Gegen zwei Uhr nachts, während der Mond hell strahlte, ging es erst richtig los, da die Kneipen schlossen und die Betrunkenen auf die Straßen strömten. Die meisten taumelten nach Hause oder suchten sich einen Platz, um ihren Rausch auszuschlafen. Aber andere mussten einfach Ärger machen, was zu einer Welle von Leuten führte, die in die Notaufnahme kamen. Die meisten litten unter Prellungen oder einer gebrochenen Nase, sodass sie leicht zu behandeln waren und wieder weggeschickt werden konnten. Diejenigen mit Stichwunden erforderten eine genauere Untersuchung.

Um fast vier Uhr bekam Maeve endlich eine Pause. Sie genoss gerade eine herrliche heiße Schokolade mit kleinen Marshmallows, als die Sprechanlage ertönte.

»Dr. Friedman. Violett in R2.« *Violett* war der Code für *Schusswunde*. Mit all den illegalen Schusswaffen, die in die Stadt gebracht wurden, kam das mittlerweile häufiger vor. Das Krankenhaus änderte den Farbcode oft, damit die Leute, die die Durchsagen hörten, nicht sofort ihre Handys zückten, um einen traumatischen Moment zu filmen.

Die makabre Neigung der heutigen Gesellschaft beunruhigte Maeve. Sie ließ sie ihre Entscheidung, keine Kinder zu bekommen, nicht bereuen. Obwohl sie kürzlich darüber nachgedacht hatte, sich eine Katze anzuschaffen.

Das schien ihr jedoch zu viel Verantwortung zu sein, wenn sie nach ihrer Schicht nur ein Glas Wein trinken wollte, während sie es sich auf ihrer bequemen Couch gemütlich machte.

»Dr. Friedman. Code Violett in R2.«

Sie seufzte über die wiederholte Nachricht. Es ließ sich nicht mehr hinauszögern. Sie warf ihrer Tasse, gefüllt mit schokoladigem, zuckerhaltigem Paradies, einen traurigen Blick zu und trank noch einen Schluck, bevor sie zu den Operationssälen eilte.

Schwester Herman, die außerhalb der Arbeitszeiten auch als ihre beste Freundin Brandy bekannt war, hielt eine Tür auf und winkte. »Hier rein.«

»Nicht R2?«

Brandy schüttelte den Kopf. »Sie haben den Operationssaal getauscht, weil Jarvis an der Beleuchtung arbeitet.« Jarvis war ihr Wartungstechniker.

Maeve betrat den Vorbereitungsraum und streckte die Arme aus, als Brandy ihr einen sauberen Schutzanzug überstreifte. »Was wissen wir?«

»Männlich. Zwischen dreißig und vierzig. Schießerei im Vorbeifahren. Sechs Schüsse, hauptsächlich in den Oberkörper.«

Maeve hörte sich die Zusammenfassung an, während sie sich Handschuhe anlegte und sich eine Maske über das Gesicht zog. Erst letzte Woche hatte sie sich anhören müssen, wie sich einige Assistenzärzte über das dünne Papier lustig machten. Ignorante Idioten. Es gab nichts Schlimmeres, als auf eine offene Wunde zu niesen oder Blut aus einer spritzenden Wunde ins Gesicht zu bekommen, um den Schutz zu schätzen zu wissen, den es bot.

Ein Teil von Brandys Vortrag erregte ihre Aufmerksamkeit. »Sagtest du sechs Schüsse, hauptsächlich in die Brust?«

Brandy nickte. »Es ist ein Wunder, dass er noch lebt.«

Wahrscheinlich nicht mehr lange. Aber vielleicht wäre er einer derjenigen, die unglaubliches Glück hatten.

»Wurde schon mit einer Transfusion begonnen?«, fragte sie.

»Das werden wir, sobald wir seine Blutgruppe herausgefunden haben. Wir müssen fehlerhafte Teststreifen bekommen haben, denn die verdammten Dinger leuchten wie ein Weihnachtsbaum. Wir haben einige ins Labor geschickt.«

»Wir haben keine Zeit zu warten. Verabreicht ihm 0 negativ.« Die universelle Blutgruppe.

»Das würden wir, wenn wir welches hätten«, grummelte Brandy. »Anscheinend herrscht in der Stadt eine massive Knappheit.«

Nicht gerade eine vielversprechende Nachricht. Bei

der Menge an Blut, die er verloren hatte und weiter verlieren würde, würde es ihr fast unmöglich sein, ihn zu retten.

Herausforderung angenommen.

In voller Montur betrat Maeve den Raum und fand den Patienten bereits entkleidet vor, mit einem Laken über seiner unteren Hälfte, das seine Leisten und Oberschenkel bedeckte. Schwester Abbott – ein junges Mädchen, das erst kürzlich seinen Abschluss gemacht hatte und immer zwitscherte: »Nenn mich Ginnie« – wischte vorsichtig mit einem Schwamm über die Brust, um den Bereich um die zahlreichen nässenden Löcher zu reinigen.

Der Monitor, an den er angeschlossen war, zeigte an, dass sein Herz stetig schlug. Die Blutdruckmanschette an seinem Arm füllte sich mit Luft und zeigte einen Wert von hundert zu fünfundsechzig an. Etwas niedrig, aber nicht gefährlich niedrig. Erstaunlich, wenn man bedachte, wie viel Blut er verloren haben musste.

Brandy rollte einen Wagen mit den chirurgischen Instrumenten heran, die Maeve wahrscheinlich brauchen würde. »Bereit, wenn du es bist.«

»Dito«, trällerte Ginnie, die vom OP-Tisch zurücktrat.

»Wo ist der Anästhesist?«, fragte Maeve, da sie bemerkte, dass der Spezialist auf seinem Posten fehlte.

»Sie suchen nach einem.« Brandy klang alles andere als beeindruckt, als sie sagte: »Freddy hat sich krankgemeldet. Schon wieder.«

»Wir haben niemanden, der ihn in Narkose versetzen kann?« Maeve zog bei der Frage die Augenbrauen hoch. »Wie soll ich denn operieren?« Keiner hatte eine Antwort. Sie betrachtete seinen Torso und die Löcher. »Ich nehme an, es sind keine glatten Durchschüsse?«

»Nein. Die Kugeln sind noch drin.« Brandy schüttelte den Kopf.

Was bedeutete, Maeve würde graben müssen. Er würde auf keinen Fall bewusstlos bleiben. »Ich kann ihn nicht operieren. Was ist, wenn er zwischendurch aufwacht?«

»Er wird verbluten, wenn du es nicht tust«, merkte Brandy an.

Auch wenn die Wunden nur träge zu bluten schienen, mussten sie gereinigt und zugenäht werden. Aber erst, nachdem sie jegliche Splitter im Inneren entfernt hatte. Das würde bedeuten, dass sie in ihm herumstochern und ihn möglicherweise aufschneiden müsste. Beides würde ihn wahrscheinlich aufwecken. Wenn er herumzappelte, während sie das Skalpell an seinem Fleisch ansetzte, könnte sie etwas ernsthaft beschädigen. Wenn sie nichts tat, würde er wahrscheinlich sterben.

Sie befand sich zwischen Baum und Borke. Anstatt zu seufzen, ergriff sie die Initiative.

»Ginnie, hol mir Lidocain, sowohl für den Tupfer als auch für die Spritze.«

»Ja, Doktor.« Die jüngere Krankenschwester lief los.

Maeve musterte den Mann. Eine der Wunden war so oberflächlich, dass sie die Kugel sehen konnte. Es war leicht, sie zu entfernen. Sie schnappte sich eine Pinzette. »Brandy, behalte ihn im Auge und sag mir Bescheid, wenn er aufzuwachen scheint. Ich fange jetzt an, die Fremdkörper zu entfernen.« Das war das Beste, was sie tun konnte. Wenn sie Glück hatte, würde er bewusstlos bleiben. Wenn nicht, dann würde Ginnie hoffentlich bald mit dem Betäubungsmittel zurückkommen.

Mit ruhiger Hand griff sie das hervorstehende Geschoss und zog es heraus, woraufhin das Blut, das sich dahinter gestaut hatte, herausquoll. Das war gut so, da es helfen würde, die Wunde zu reinigen. Sie schüttete eine Reinigungslösung hinein, um sie auszuspülen. »Druck«, befahl sie Brandy und machte weiter.

Welche Wunde als Nächstes? Fünf Löcher in seinem Oberkörper, und eine sechste Kugel hatte seine Rippen gestreift und eine tiefe Furche hinterlassen.

Sie nahm sich ein Geschoss vor, das zwischen den Rippen steckte und das sie entdeckte, als sie eine klare Lösung hineinspritzte, um das Blut zu verdünnen. Erstaunlich, dass es nicht tiefer gegangen war. Es schepperte, als sie es in eine Metallschale fallen ließ. Die nächste Kugel steckte im Muskel seines Bauches – steinhart, wie sie feststellte, ein Mann, der in Form blieb. Als sie die Kugel aus dem engen Loch zog, rief Brandy aus: »Oh scheiße, er ist wach.«

Tatsächlich waren die blassgoldenen Augen geöffnet. Er war wach und beobachtete sie.

Maeve erstarrte, das Skalpell über der sickernd blutenden Wunde.

»Hören Sie meinetwegen nicht auf.« Er sprach in leisem, sanftem Tonfall, ohne eine Spur von Schmerz oder Panik zu zeigen. In Anbetracht der Situation war das überraschend.

»Sie sind wach.« Eine dumme und offensichtliche Aussage.

»Wie aufmerksam von Ihnen«, murmelte er.

»Es tut mir leid. Das passiert normalerweise nicht, aber ich fürchte, wir haben im Moment keinen Anästhesisten, um Sie in Narkose zu versetzen, und Ihre Situation ist recht dringend.«

»Wie viele Kugeln?«

Brandy antwortete: »Sechs. Fünf in Ihnen. Nun, jetzt zwei. Drei sind schon raus.«

»Das erklärt mein Unwohlsein.« Er verzog das Gesicht und wollte sich aufsetzen.

Maeve legte sofort die Hände auf ihn, um ihn nach unten zu drücken. »Sie dürfen sich nicht bewegen. Wir sind noch nicht fertig mit dem Entfernen der Kugeln.«

»Dann bitte, bringen Sie es zu Ende.« Er entspannte sich auf dem Tisch und wartete.

Es dauerte einen Moment, bis sie stotterte: »Ich kann nicht. Sie sind wach.«

»Haben Sie Angst, Lampenfieber zu bekommen?«, neckte er.

»Nein. Ich warte darauf, dass Schwester Abbott mit Lidocain zurückkommt.«

»Ich brauche keine Medikamente. Ich komme damit klar.« Eine ziemliche Prahlerei.

»Sie denken vielleicht, dass Sie das können, aber schon das kleinste Zucken könnte mich abrutschen lassen. Das Risiko kann ich nicht eingehen.« Maeve schüttelte ablehnend den Kopf.

»Tun Sie es«, war seine sanfte Antwort.

Stattdessen sah sie Brandy an. »Sieh nach, wo Ginnie mit dem Lidocain ist. Sie sollte schon längst zurück sein.«

»Ich schwöre, wenn sie mit dem neuen Arzt in der Onkologie flirtet, trete ich ihr in den Arsch«, drohte Brandy, als sie davonstapfte und Maeve mit dem Patienten allein ließ.

Er starrte sie immer noch an. Verwirrt wandte Maeve den Blick ab und fragte: »Wie wurden Sie angeschossen?«

»Durch eine Pistole. Und nur zur Information: Es tut weh. Also scheißen wir auf das Warten. Holen Sie diese silbernen Klumpen der Folter aus mir heraus.«

»Es wird nur eine Minute dauern –«

»Entweder Sie tun es jetzt oder ich gehe.« Eine haltlose Drohung.

Sie prustete. »Seien Sie nicht so melodramatisch. Wir wissen beide, dass Sie das nicht können.«

»Ich würde gern sehen, wie Sie mich aufhalten.«

Sie wollte ihm entgegnen, dass er nicht in der Lage war, sich gegen irgendjemanden zu wehren. Gleichzeitig wollte sie nicht, dass er sich überanstrengte, denn wer wusste schon, welchen Schaden er anrichten würde? »Wenn Sie meiner Krankenschwester noch ein paar Minuten Zeit geben, ich bin sicher, dass sie mit dem Betäubungsmittel auf dem Rückweg ist.«

»Und wenn sie das nicht ist? Bringen wir es einfach hinter uns. Ich werde nicht zucken. Versprochen.« Ihm gelang sogar ein charmantes Lächeln.

Maeve stocherte in seiner Wunde herum, um zu beweisen, dass sie recht hatte.

Er rührte sich nicht, aber er zog die Oberlippe auf einer Seite höher, als er sagte: »Das müssen Sie schon besser machen, Doc.«

»Wenn Sie darauf bestehen ...«, murmelte sie. Sie ignorierte sein Starren, um sich zu ihm zu lehnen. Sie setzte einen vorsichtigen Schnitt, bevor sie mit einer Pinzette die Kugel herauszog, die sein Schlüsselbein gestreift hatte. Ein Wunder, dass sie nicht zersplittert war.

Er schnappte nicht einmal nach Luft vor Schmerz. Sie sah ihn an, nachdem die Kugel in die Schüssel gefallen war.

»Sind Sie in Ordnung?«

»Jup.«

Die Monitore stimmten ihm zu. Sein Herzschlag schien sich zu verlangsamen. Er blieb ruhig. Wahrscheinlich war er sturzbetrunken. Die meisten Leute, die um diese Zeit hierherkamen, standen unter dem Einfluss von irgendetwas.

Sie nahm sich die letzte Kugel vor. Die tiefste. Sie

war praktisch glatt durch seine Schulter hindurchgegangen. »Diese hier sollte besser von hinten entfernt werden. Wir werden Sie umdrehen, sobald meine Krankenschwestern zurück sind.«

»Scheiß aufs Warten. Ich drehe mich selbst um.« Er machte sich daran, die Sensoren zu entfernen, mit denen seine Vitalfunktionen überwacht wurden. Als er die Infusionen entfernen wollte, die ihn mit Flüssigkeit versorgten, legte sie eine Hand auf seine.

»Aufhören. Sie verhalten sich unvernünftig. Sie haben eine Menge Blut verloren.«

»Mir geht es gut. Ich brauche das alles nicht.« Er wollte wieder ziehen, aber sie griff erneut nach seiner Hand.

»Warten Sie. Sie machen eine Sauerei, wenn Sie es so herausziehen. Lassen Sie mich das machen.« Wider besseres Wissen, aber angesichts seiner Beharrlichkeit hatte sie keine andere Wahl und stellte die Infusion ab, bevor sie die Nadel aus seinem Fleisch zog.

Kaum war er von den medizinischen Geräten befreit, rollte er sich auf den Bauch, wobei das Laken verrutschte und sein Hintern entblößt wurde.

Sie musste ihn ein wenig zu lange angestarrt haben, denn er blaffte: »Werden Sie die Sache jetzt zu Ende bringen oder nicht?«

Sie setzte mit dem Skalpell einen Schnitt über der Beule und die letzte Kugel kam zum Vorschein, woraufhin er seufzte. »So ist es besser.«

»Zeit, Sie zu nähen.« Sie wandte sich dem Tablett

zu, um zu suchen, was sie brauchte, aber als sie sich ihm wieder zuwandte, hatte er sich bereits aufgesetzt.

»Was machen Sie da? Legen Sie sich hin.«

»Warum?«

»Weil ich Ihre Wunden noch nicht zugenäht habe. Wenn Sie sich zu sehr belasten, verlieren Sie noch mehr Blut und könnten verbluten.«

Er schaute auf die Löcher in seinem Körper hinunter, aus denen kaum noch Blut austrat. »Es geht mir gut.«

»Es geht Ihnen nicht gut. Sie haben fünf Einschusslöcher! Sie haben eine Menge Blut verloren.« Es überraschte sie, dass er so kohärent wirkte.

»Ich weiß Ihre Sorge zu schätzen, Doc, aber ich muss hier raus. Glauben Sie mir, wenn ich sage, dass das für alle das Beste wäre.«

»Sie stecken in Schwierigkeiten.« Eine Aussage, keine Frage, da es offensichtlich schien.

»Was hat es verraten?«, war seine sarkastische Antwort.

»Wenn jemand Sie umbringen will, sollten Sie mit der Polizei reden.«

Er schnaubte. »Nein danke.«

Diese Antwort deutete auf mangelndes Vertrauen hin oder vielleicht auch auf Angst davor, von der Polizei verhaftet zu werden. »Wenn Sie Angst haben, ins Gefängnis zu kommen, könnten Sie vermutlich eine Strafminderung bekommen, wenn Sie darüber aussagen, was die Leute dazu veranlasst hat, Sie als Zielscheibe zu benutzen.«

Das brachte ihr einen ungläubigen Blick ein. »Verpfeifen?«

»Weil das ja auch wesentlich schlimmer ist, als auf der Straße niedergeschossen zu werden.«

»Hör mal, Süße –«

»Ich bin nicht Ihre Süße. Sie können mich Dr. Fri-«

»Wie auch immer. Meine Angelegenheiten gehen Sie nichts an, Doc.«

»Doch, das tun Sie, da Sie auf meinem Operationstisch liegen.«

»Dann werde ich mich entfernen.« Er schwang seine Beine über den Tisch.

Sie trat einen Schritt zurück, bevor sie erklärte: »Ich bin der Meinung, dass Sie richtig verbunden und für mindestens vierundzwanzig Stunden überwacht werden müssen.«

»Denken Sie, was Sie wollen, Doc. Wir sind fertig.« Er sprang vom Operationstisch und richtete sich auf.

Da er nackt war, hielt sie den Blick auf sein Gesicht gerichtet. »Sie sind ein sturer Idiot. Sie haben Löcher im Körper. Wenn Sie schon nicht genäht werden wollen, dann lassen Sie sie mich wenigstens abdecken. Sie wollen nicht, dass sie sich infizieren.«

»Ich bin ziemlich robust.« Er machte einen Schritt in ihre Richtung, vermutlich, weil sie vor der Tür stand.

»Sie können nicht gehen. Die Polizei wird mit Ihnen reden wollen.« Das Krankenhaus musste alle Schussverletzungen melden.

Er verzog das Gesicht. »Ja, aber ich habe kein Interesse daran, mit den Beamten zu plaudern.«

Sie wollte ihm widersprechen, doch plötzlich fiel ihr auf, wie groß dieser Mann war. Und entschlossen. Er überragte sie, er und seine vielen, vielen Muskeln.

Sie wich einen Schritt zurück und stieß gegen das Tablett mit den Instrumenten, das schepperte und fast umkippte. Als sie danach griff, drehte sie sich zum Teil um.

Als sie sich wieder ihm zuwandte, schwang die Tür zum Operationssaal hinter einem nackten, aber sehr ansehnlichen Hintern zu.

Minuten später, als sie immer noch mit offenem Mund in einem bis auf die Ausrüstung und die blutigen Laken leeren Raum stand, blinzelte Maeve, als Brandy mit den lang erwarteten Spritzen zurückkam.

»Da bist du ja endlich. Was ist mit Ginnie passiert?«

»Keine Ahnung. Ich habe sie nicht gesehen, als ich das Lidocain geholt habe.« Brandy blickte an ihr vorbei. »Wo ist der Patient hin?«

»Ich weiß es nicht. Es ist mir auch egal. Er wollte weg, und es war nicht meine Aufgabe, ihn aufzuhalten.« Allerdings fragte sie sich, wie Brandy den übergroßen nackten Mann auf dem Flur hatte übersehen können.

»Warte mal, du sagst, er ist aufgestanden und rausgegangen? Mit sechs Einschusslöchern?«

»Fünf«, korrigierte sie. Die Verletzung durch den Streifschuss zählte nicht.

»Wahrscheinlich ist er high von irgendwas. Ich frage mich, wie lange es dauern wird, bis er zusammenbricht und wieder auf diesem Tisch landet«, sagte Brandy.

»Es wird kein Tisch nötig sein. Die Kugeln sind raus, und durch riesiges Glück wurde nichts Lebenswichtiges getroffen. Er muss nur genäht werden.« Was auch jemand anderes tun konnte. Sie war für heute fertig.

In diesem Moment kam Ginnie endlich zurück, mit leeren Händen und voller Aufregung.

»Wo bist du gewesen?«, schimpfte Brandy.

»Tut mir leid, ich musste mich um einen Magenkrampf kümmern.«

»Während eines Notfalls?«, schnauzte Maeve.

»Es war dringend.«

»Du hättest dich trotzdem bei uns melden sollen. Wir waren mitten in einer Operation«, sagte Brandy.

»Als ich fertig war, wurde ich durch den Tumult im Wartezimmer der Notaufnahme abgelenkt.«

Brandy murmelte: »Was für eine Aufmerksamkeitsspanne.«

Maeve konnte sich nur schwer beherrschen, nicht zu lachen. Stattdessen fragte sie: »Was ist passiert?«, bevor sie sich auf den Weg ins Nebenzimmer machte, wo sie ihren schmutzigen Kittel ausziehen konnte.

»Ein riesiger Hund ist durch die Notaufnahme und die Tür nach draußen gerannt.«

»Jemand hat seinen Diensthund verloren?« Angesichts ihres Trainings war es ungewöhnlich, sie fliehen zu sehen.

»Ich weiß nicht, ob es ein Diensthund war. Ich bezweifle es aber, da er keine Weste trug.«

»Wenn es kein Diensthund war, wie ist er dann reingekommen?« Im Krankenhaus waren keine Haustiere erlaubt.

»Das weiß noch niemand. Aber Peabody flippt im Moment aus.« Peabody war einer der Verwaltungsangestellten des Krankenhauses.

»Er sollte sich weniger Sorgen um einen einzelnen herumlaufenden Hund machen und mehr darum, einen weiteren Anästhesisten einzustellen. Das ist schon das zweite Mal in der letzten Woche, dass Freddy ohne Vorwarnung fehlt.«

Freddy wäre nicht der Einzige, für den sie um einen Ersatz bitten würde. Maeve war wenig beeindruckt, dass Ginnie während einer Notoperation getrödelt hatte. Das hätte den Patienten das Leben kosten können.

Ein Patient, der verschwunden war. Obwohl er samt seines nackten Hinterns aus dem Operationssaal geflüchtet war, hatte ihn offenbar niemand gesehen, aber jeder hatte von dem Hund gehört.

Nachdem die Überwachungsaufnahmen in Umlauf gekommen waren, bezeichneten viele den Hund als Wolf, und niemand stellte die Unlogik eines riesigen Wolfes infrage, der in der Stadt frei herumlief. Bei Vollmond war das nicht anders zu erwarten.

KAPITEL ZWEI

Auf vier Beinen und mit Schmerzen stürmte Griffin aus dem Krankenhaus und blieb erst stehen, als er eine Gasse ohne neugierige Blicke erreicht hatte. Erst dann wagte er es, sich von seiner Wolfs- in seine Menschengestalt zu verwandeln, wobei er die ganze Zeit über das Gesicht verzog. Schuld daran war der von Kugeln durchlöcherte Oberkörper.

Ein Wunder, dass er nicht gestorben war. Er wäre verblutet, wenn nicht der barmherzige Samariter gewesen wäre, der ihn in seine Bäckerei geschleppt und den Schützen im Wagen einen Strich durch die Rechnung gemacht hätte. Er war derjenige, der einen Krankenwagen gerufen haben musste, denn ein Krankenhaus war der letzte Ort, an den Griffin gegangen wäre. Er hätte sein Glück lieber bei Ulric versucht, der als Sanitäter beim Militär gearbeitet hatte.

Während einer Operation aufwachen? Das kam sehr unerwartet, ebenso wie die Ärztin in Maske und

Kittel, die über ihm arbeitete. Der antiseptische Geruch, der sich mit dem kupferartigen seines eigenen Blutes vermischte, hatte ihn verwirrt. Er konnte die Ärztin nicht riechen, was ihn störte, da er allein durch Düfte vieles erkennen konnte.

Wenigstens hatte er ihre ruhige Kompetenz beobachten können, als sie sich vorbeugte und vorsichtig die Kugeln herauszog. Stillzuliegen, während sie das tat, hatte jede Menge Kraft gefordert, da es verdammt noch mal wehgetan hatte. Als würde er das jemals zugeben. Niemals Schwäche zeigen.

Niemals.

Und niemals auf die Bullen warten.

Für ihn gab es keinen Zweifel. Hätte er gewartet, bis sie ihn wieder zusammengeflickt hatte, wäre die Polizei erschienen und hätte ihm Fragen gestellt, die er lieber nicht beantworten würde.

Wer hat auf Sie geschossen?

Böse Menschen.

Warum?

Siehe oben.

Wer sind Sie?

Das geht euch einen Scheißdreck an.

Griffin zog es vor, unauffällig zu leben. Keine Verhaftungen. Nicht einmal ein Strafzettel. Ein Mann in seiner Position konnte nicht vorsichtig genug sein. Er hoffte nur, dass bei seiner Flucht niemand mitbekommen hatte, dass ein Mann in einen Wandschrank gegangen und ein Wolf herausgekommen war. Er würde Dorian bitten müssen, das Videomaterial des Krankenhauses zu überprüfen.

Ein Wolf in der Stadt war keine ideale Verkleidung, aber da die Morgendämmerung noch nicht angebrochen gewesen war, waren nur wenige Leute unterwegs gewesen, die ihn hätten sehen können, und diejenigen, die seine pelzige, schlanke Gestalt kurz gesehen hatten, hielten ihn für einen Hund. Eine Beleidigung, aber es funktionierte zu seinen Gunsten.

Jetzt, wieder in seiner Wolfsgestalt, rannte er – sofern es ihm möglich war, denn sein Körper war durch den Blutverlust geschwächt und schmerzte. Vielleicht hätte er sie die größeren Wunden nähen lassen sollen. Er schaffte es ohne weitere Probleme nach Hause. Die Tür in der Gasse, die nicht gekennzeichnet und teilweise verrostet war und deren schwarze Farbe abblätterte, wurde geöffnet, bevor er klopfen konnte. Die Kamera, mit der die Gasse überblickt werden konnte, hatte seine Ankunft gezeigt.

In dem Moment, in dem er eintrat, verwandelte Griffin sich, hörte das Zuschlagen der Tür und wusste die Decke zu schätzen, die ihm über die Schultern geworfen wurde.

»Was zum Teufel ist mit dir passiert?«, rief Quinn, der den nächtlichen Sicherheitsdienst für den Laden übernahm.

»Ich dachte, ich schaue mir mal an, wie sich eine Zielscheibe so fühlt«, erwiderte Griffin sarkastisch. Er verzog das Gesicht, als er sich aufrichtete und die Decke um seine Taille wickelte.

Er betrat das Hauptgeschoss des Gebäudes, das sich im Besitz der Lanark Leaf Inc. befand. Seine Firma. Sein Gebäude. Sein Betrieb. Alles legal. Zumindest mittlerweile. Vor ein paar Jahren, vor der Legalisierung von Marihuana, hatte er den Großteil seiner Ware aus dem Kofferraum seines Wagens verkauft. Jetzt betrieb er ein paar Läden in der Stadt, beliefert von seinen Cousins auf dem Land, die zum North-Bay-Rudel gehörten. Die Lanarks waren jetzt wohlhabend und legal. Scheiß auf alle, die behauptet hatten, sie würden es nie zu etwas bringen.

»Verdammte Scheiße, was ist mit dir passiert?« Der Ausruf kam von Wendell, der vom Tisch aufstand, an dem er am Computer gearbeitet hatte, um Zahlen durchzugehen. Und sie ein wenig zu frisieren.

Jahre der illegalen Verkäufe hatten für Geld gesorgt, das noch gewaschen werden musste, was sie langsam taten. Sie polsterten ihre Konten auf, wodurch diese gut gefüllt waren, ohne dass sie durch irgendetwas Verrücktes Aufmerksamkeit auf sich zogen. Da Mathe nicht seine Stärke war, überließ Griffin die Feinheiten Wendell.

»Gib mir eine Sekunde. Ich brauche eine Hose.« Er griff nach der Kiste, die neben der Hintertür stand, für den Fall, dass jemand auftauchte und Kleidung brauchte. Meistens verwandelten sie sich nicht in der Stadt. Wölfe fielen auf. Aber manchmal liefen Dinge schief, und wenn das geschah, waren sie gern vorbereitet. Deshalb gab es eine Kiste mit Trainingsanzügen, alle in XL, was den meisten Jungs passte, außer Travis, der einen Kopf größer war als sie alle, und Lonnie, der einen Kopf kleiner war. Als Schuhe hatten sie Gartenclogs in Übergröße. Verdammt hässliche Dinger, aber billig, und mit abgerissenen Fersenriemen passten sie allen gut genug, bis sie nach Hause kamen und sich richtig anziehen konnten.

Die Jungs hielten sich mit Fragen zurück, bis er eine Hose anhatte. Als Griffin sich ein T-Shirt mit der Aufschrift *Mach dir keine Sorgen, rauch eine und sei glücklich* überzog, fing Wendell an.

»Wer hat auf dich geschossen?«

»Keine Ahnung.« Er steckte den Kopf und die Arme durch die dafür vorgesehenen Löcher, bevor er sich seiner Crew zuwandte, die im Moment nur aus den beiden bestand, aber er hatte keinen Zweifel, dass sie den anderen bereits eine SMS geschickt hatten.

»Was soll das heißen, du hast keine Ahnung? Was zum Teufel ist passiert?«

Zu einem anderen Zeitpunkt hätte Griffin sich Wendell für diesen Tonfall und diese Forderung möglicherweise vorgeknöpft. Aber er war nachsichtig mit ihm – es kam schließlich nicht jeden Tag vor, dass der Alpha hereinkam und aussah wie ein Nadelkissen. Ganz zu schweigen davon, dass Wendell fast zwanzig Jahre älter war als er. Er hatte sich das Recht verdient, Fragen zu stellen.

»Ich war auf dem Heimweg, nachdem ich mit Phil das Eishockeyspiel gesehen hatte.« Phil war ein alter Highschool-Freund. Sie trafen sich nicht mehr oft, seit seine Frau ein Baby bekommen hatte. »Es wurde spät, weil es eine dreifache Verlängerung gab. Ich kam an *Juniper's Cupcakes* vorbei«, wo es die beste Buttercreme-Glasur überhaupt gab, »als ein Fahrzeug langsamer wurde und mindestens zwei Leute das Feuer eröffneten.« Zum Glück waren sie beschissene Schützen und hatten seinen Kopf verfehlt, sonst stünde er in diesem Moment nicht hier.

»Warte, willst du damit sagen, dass jemand versucht hat, dich zu töten?«, stotterte Quinn.

»Vielleicht«, sagte Griffin.

»Vielleicht? Du wurdest von Kugeln durchlöchert«, erwiderte Wendell trocken.

»Wir gehen davon aus, dass die Kugeln für mich bestimmt waren.«

»Für wen denn sonst?«, brüllte Wendell fast.

Griffin erlaubte es. Immerhin hatte Wendell vor ein paar Jahren seinen Sohn bei einer Schießerei verloren. Ein Bauer hatte einen Wolf in der Nähe seines Landes gesehen und das Feuer eröffnet. Jetzt gehörte diese Farm ihnen. Was den Bauern betraf ... Die Leute bezeichneten es als Ironie des Schicksals, dass er in einer seiner eigenen Bärenfallen starb, nachdem er von der Naturschutzbehörde aufgefordert worden war, sie zu entfernen.

»Ihr könnt euch das Geschrei sparen, denn ich weiß einen Scheißdreck. Ich habe das Fahrzeug nicht erkannt, und die Leute darin haben diese blöden medizinischen Masken und Mützen getragen.« Der Mundschutz war noch von der COVID-19-Pandemie übrig geblieben. Nicht alle verzichteten darauf, seit die

Pflicht zum Tragen aufgehoben worden war. Die Polizei beschwerte sich darüber, dass es Dieben und anderen Gesetzesbrechern ermöglichte, ungestraft zu handeln, da niemand sie identifizieren konnte.

Wendell drehte sich wieder zu seinem Computer um. »Du hast gesagt, dass es bei *Juniper's Cupcakes* passiert ist?«

»Ja. Der Bäcker war derjenige, der rausgekommen ist und mich in den Laden in Sicherheit gezogen hat. Er hat mich ins Krankenhaus gebracht, wo eine Ärztin mir das Leben gerettet hat.«

Es war Quinn, der zweifelnd fragte: »Sechs Schusswunden und sie haben dich schon wieder gehen lassen?«

»Die Ärztin wollte nicht. Ich habe mehr oder weniger darauf bestanden.«

Wendell schüttelte den Kopf. »Idiot. Du hättest dich von ihr nähen lassen sollen.«

»Ich wollte weg, bevor die Polizei kommt und Fragen stellt.«

»Was hätte das ausgemacht? Du warst derjenige, auf den geschossen wurde. Du wärst nicht in Schwierigkeiten geraten.«

»Es ist besser, gar nicht erst aufzufallen. Außerdem hatte die Blutung schon aufgehört. Sobald sie das Silber herausgeholt hatte, begannen die Wunden zu heilen.«

Bei dem Wort *Silber* erstarrten sie alle, bevor Wendell mit leiser Stimme fragte: »Sie haben mit Silberkugeln auf dich geschossen?«

»Sieht so aus. Es hat jedenfalls gebrannt, als wäre es Silber.« Im Nachhinein wünschte er sich, er hätte die Schale mit den Kugeln mitgenommen, aber wie hätte er sie dann nach Hause gebracht?

»Du wurdest mit Silberkugeln beschossen und fragst dich, ob du tatsächlich das Ziel warst?« Wendells Tonfall war von Ungläubigkeit geprägt.

»Es wirkt ein wenig zufällig.« Griffin spielte es herunter. Er wusste es besser, als seine Jungs aufzuhetzen und zu veranlassen, Streit zu suchen. Es war besser, sicher zu sein, wer die Schwierigkeiten verursachte, bevor sie einen Rachefeldzug begannen.

»Ich wette, es sind diese Arschlöcher von der anderen Seite des Flusses.« Quinn bezog sich auf das nächstgelegene Wolfsrudel auf der Quebecer Seite.

»Das wissen wir nicht. Warum sollten sie jetzt mit dem Scheiß anfangen, wo doch alles reibungslos funktioniert hat?« Eines der Dinge, die Griffin getan hatte, als er das Rudel von seinem vorherigen Alpha übernommen hatte, war gewesen, die Dinge in Ordnung zu bringen. Ottawa und das Tal gehörten Griffin, der das Byward-Rudel leitete, während die Quebecer Seite des Ottawa-Flusses, das Outaouais, dem Sauveur-Rudel gehörte, an dessen Spitze Felix stand.

»Ich wette mit dir, dass diese Arschlöcher versuchen einzugreifen, weil sie wissen, dass wir den größeren Markt haben.« Quinn schüttelte eine Faust.

»Vielleicht. Es könnte aber auch sein, dass jemand will, dass wir das denken«, mahnte Griffin.

»Was sollen wir also tun?« Quinn knackte mit den Fingerknöcheln, bereit, eine Tracht Prügel zu verteilen.

»Für den Anfang sollten wir vorsichtiger sein. Solange wir nicht genau wissen, was los ist, sollten wir alle aufmerksamer sein, wenn wir rausgehen. Das bedeutet, keinen regelmäßigen Zeitplan zu haben. Machen wir es jedem schwer, uns zu verfolgen«, schlug Griffin vor.

Quinn fragte skeptisch: »Wie soll uns das dabei helfen herauszufinden, wer dich angeschossen hat?«

»Das überlasst ihr mir.« Er hatte einen Freund bei der Polizei, der Teil des Rudels war und doch nicht, da er die Uniform trug. Aber Billy würde Griffin helfen, wenn er ihn darum bat. »Wir werden auch die Sicherheit rund um den Laden erhöhen müssen.«

»Soll ich die Kameras auf dem Dach anbringen, über die wir gesprochen haben?«, fragte Wendell. Dorian, ihr Techniker, redete schon seit Wochen darüber. Aktuell waren die Kameras nur auf die Vorder- und Hintertüren gerichtet.

»Ja. Lasst uns das machen und dabei darauf achten, dass die Nummernschilder der vorbeifahrenden Fahrzeuge erfasst werden. Ich werde mit Dorian darüber sprechen, sie durch ein Programm laufen zu lassen, um zu sehen, ob welche wiederholt auftauchen. Er wird auch feststellen können, ob die Nummernschilder im System auftauchen.« Sie hatten Zugang zur Zulassungsdatenbank von Ontario, da Darians Cousin bei der Behörde arbeitete.

»Wir sollten ihn auch nachschauen lassen, ob es

Aufnahmen gibt, wie du angeschossen wurdest«, fügte Wendell hinzu.

»Ausgezeichnete Idee. Da wir jetzt einen Plan haben, gehe ich duschen.«

»Ist das mit all den Löchern in deinem Körper klug?«, merkte Wendell an.

Griffin verdrehte die Augen. »Verdammt noch mal, du bist nicht meine Mutter. Mir geht's gut.«

Das war nur zum Teil eine Lüge. Er verließ die beiden und ging die Treppe zum ersten Stock hinauf, der zusammen mit der zweiten Etage sein Zuhause war. Als er das Gebäude gekauft hatte, gleich nachdem er die drei Läden im Erdgeschoss zu einem einzigen großen für sein Grasgeschäft zusammengelegt hatte, hatte er die vielen Wohnungen darüber in ein einziges Luxusdomizil umgewandelt. Zwei Etagen. Im ersten Stock befand sich eine große Küche, die zu einem Wohnzimmer mit vier Sofas und ein paar Sesseln hin geöffnet war. Er brauchte den Platz für die Rudel-Treffen. Stauraum, Waschküche und ein Badezimmer rundeten den Raum ab. Im Stockwerk darüber war der gesamte Raum offen, mit einem Fitnessraum in der hinteren Ecke, einem großzügigen Badezimmer ohne Innenwände, einem riesigen Bett, einer weiteren Sitzecke und einem Schreibtisch für seinen Computer.

Während er sich auszog, verzog er das Gesicht über die Verletzungen an seinem Körper. Er würde heilen, aber es würden neue Narben bleiben. Nicht dass es ihn störte, aber sie würden zu Fragen seiner Bettgefährtinnen führen, die er lieber nicht beantworten wollte. Er hasste es, wenn sie sich ablenken ließen, während er nur ficken wollte.

Da er allein war, atmete er zischend ein, als das heiße Wasser auf sein empfindliches Fleisch traf. Er konnte eine Menge Schmerz ertragen, mehr als die meisten Leute. Und als Alpha ließ er sich das auch während der quälenden Verwandlung nicht anmerken. Schmerz zu zeigen war gleichbedeutend mit Schwäche.

Aber jetzt erlaubte er sich die Gefühle, als er unter dem heißen Wasser zusammensackte und die rasanten und beängstigenden Sekunden noch einmal durchlebte, die fast sein Leben beendet hätten.

Er hätte sterben müssen.

Aber es war nicht passiert. Der zweite Fehler seiner Angreifer.

Der erste? Es überhaupt erst auf ihn abgesehen zu haben.

KAPITEL DREI

Der Kriminalbeamte tauchte auf, als Maeve am nächsten Abend ihre Runde machte.

»Sind Sie Dr. Friedman?«

»Ja, kann ich Ihnen helfen?«, fragte sie geistesabwesend, während sie die Entlassung eines Patienten abzeichnete.

»Ich glaube, das können Sie. Ich wurde darüber informiert, dass Sie gestern Abend das Schussopfer operiert haben.«

»Entschuldigen Sie, aber wer sind Sie und warum fragen Sie?« Sie warf einen Blick über ihre Schulter auf den Mann, der eine Dienstmarke hochhielt. Er war etwas über einen Meter achtzig groß, hatte kurzes blondes Haar, trug ein Sportjackett über einem Hemd und eine Bundfaltenhose.

»Detective Gruff. Das Revier hat mich geschickt, um mehr über Ihren Patienten herauszufinden.«

»Da gibt es nicht viel zu erzählen, Detective. Er

kam in die Notaufnahme und wies zahlreiche Schussverletzungen am Körper auf. Ich habe die Kugeln entfernt. Mitten in der Operation wachte er auf und verlangte zu gehen. Ein Nein wollte er nicht akzeptieren, und mein Gehalt ist nicht hoch genug, dass ich eine Diskussion anfange. Das war's.«

»Während der Operation aufgewacht?«, fragte der Detective.

»Mein Fehler. Wir hatten nicht das richtige Personal, um ihn in Narkose zu versetzen, und sein Leben stand auf dem Spiel, also musste ich schnell handeln.«

»Kennen Sie seinen Namen?«

Sie schüttelte den Kopf. »Nein. Wir haben kaum miteinander gesprochen.«

»Hat er gesagt, wie er angeschossen wurde?«

»Wie gesagt, wir haben nur ein paar Worte gewechselt, was überwiegend daraus bestand, dass ich ihm mitteilte, er solle kein Idiot sein und sich von mir nähen lassen. Mit ziemlicher Sicherheit kann ich nur sagen, dass er höchstwahrscheinlich in die Drogenszene verwickelt ist.«

»Warum sagen Sie das?«

»Weil wir ihn aus Personalmangel nicht in Narkose versetzen konnten. Er wachte auf, während ich die Kugeln entfernt habe. Er hat kein einziges Mal geschrien. Er hat nicht einmal gezuckt, als er vom Operationstisch aufstand. Niemand könnte diese Art von Schmerzen aushalten, wenn er nicht unter dem Einfluss von Drogen steht.«

»Vielleicht ist er einfach zäher als die meisten?«

Das entlockte ihr ein Prusten. »Keiner ist so zäh.«

»Ist Ihnen etwas Besonderes an dem Mann aufgefallen? Narben? Tätowierungen?«

»Ehrlich gesagt war ich mehr damit beschäftigt, sein Leben zu retten, als seine Merkmale zu erfassen. Tut mir leid.«

»Wenn Sie ihn wiedersehen, würden Sie mich dann anrufen?« Er reichte ihr eine Karte, die sie in ihre Tasche steckte.

»Warum das Interesse?«

»Ein Mann wurde angeschossen. Wir sollten herausfinden, wer es getan hat.«

»Da er nicht bleiben wollte, sollten Sie vielleicht zuerst prüfen, ob es etwas mit einer Gang zu tun hat.« Diese Art von Aktivitäten hatten sie in letzter Zeit häufiger gesehen.

»Wahrscheinlich schon, aber wenn sich in der Stadt ein Krieg zusammenbraut, würden wir ihn gern im Keim ersticken, bevor Ottawa sich in Toronto verwandelt.« Die Gewalt war dort außer Kontrolle geraten, da nur schwache Strafen verhängt wurden und man sich mehr auf legale Waffen konzentrierte als auf die problematischen illegalen.

»An Ihrer Stelle würde ich das Leichenschauhaus im Auge behalten. Der Typ war weg, bevor ich seine Wunden nähen oder auch nur verbinden konnte. Die Chancen, dass er nicht verblutet oder eine tödliche Infektion bekommt ...« Sie zuckte mit den Schultern.

»Ich werde das im Hinterkopf behalten. Danke für Ihre Zeit, Doktor.«

»Gute Nacht, Detective. Viel Glück bei der Suche nach dem Schützen.«

Der Mann wandte sich zum Gehen, hielt jedoch inne und fragte beiläufig: »Ich habe gehört, dass gestern Abend ein Wolf in den Fluren unterwegs war.«

Sie schnaubte. »In der Stadt gibt es keine Wölfe, nur Leute, die wegen des Vollmonds große Hunde mit Wölfen verwechseln.«

Seine Lippen zuckten. »Der Vollmond sorgt tatsächlich oft dafür, dass die Dinge ziemlich haarig werden können. Vielen Dank.«

Bis auf das Übliche verstrich die Nacht ohne aufregende Ereignisse – Leute, die sich übergeben mussten, weil sie verdorbene Lebensmittel gegessen hatten, Blinddarmdurchbrüche und Unfälle mit Elektrowerkzeugen, die sie nie verstand. Wer hielt es schon für eine gute Idee, nachts um drei Uhr eine Tischkreissäge zu benutzen? Nach acht Nachtschichten in Folge freute sie sich auf drei erholsame freie Tage.

Brandy verbrachte ihre fünfzehnminütige Pause damit, über den gut aussehenden Kriminalbeamten zu reden, und schien sich auf übertriebene Weise darüber zu freuen, dass er seine Handynummer auf die Rückseite seiner Visitenkarte geschrieben hatte. »*Für den Fall, dass ich ihn kontaktieren muss*«, fügte Brandy mit einem zufriedenen Lächeln hinzu. Maeve wies sie nicht darauf hin, dass er es vermutlich auf den Fall bezogen hatte.

Sie machte sich auf den Weg zu ihrem Wagen, während ihr in Erwartung eines Glas Weins das

Wasser im Mund zusammenlief. Diesen warmen Schimmer, gepaart mit ein paar Kapiteln eines Buches, konnte sie kaum erwarten. Als sie sich ihrem Platz auf dem Mitarbeiterparkplatz näherte, bemerkte sie, dass jemand an ihrer Stoßstange lehnte. Sie wurde langsamer und zückte ihr Handy, um den Notruf zu wählen, als der Mann den Kopf hob. Sie machte die neue Parkplatzbeleuchtung dafür verantwortlich, dass seine Augen wie die eines Tieres leuchteten. Die untere Hälfte seines Gesichts war von einem Überziehschal verdeckt.

Anstatt ihn zur Rede zu stellen, was nur ein Idiot allein morgens um sechs Uhr auf einem Parkplatz tun würde, wirbelte sie herum und ging schnell in Richtung des Krankenhauses, geriet jedoch ins Stocken, als jemand vor ihr auftauchte. Ein anderer Kerl, ungepflegt und mit seiner Lederausstattung fast genauso gekleidet wie der Mann an ihrem Wagen. Den Stoff, der sein Gesicht verdeckte, zierte ein Totenkopf.

Sie hielt ihr Handy hoch. »Kommen Sie nicht zu nahe. Ich wähle den Notruf.« Eigentlich hatte sie den Sicherheitsdienst des Krankenhauses gewählt, da der näher dran war.

»Bist du Dr. Friedman?«

Als sie ihren Namen hörte, lief ihr ein Schauer über den Rücken. Sie wirbelte zu dem ersten Mann herum, als dieser sich ihr näherte. »Wer sind Sie? Was wollen Sie?«

»Wo ist der Karton?«

»Welcher Karton?«, fragte sie verwirrt.

»Stell dich nicht dumm. Der Anwalt sagt, er hat ihn an eine Dr. Friedman in Ottawa geschickt.«

»Es tut mir leid, aber Sie haben die falsche Person. Ich habe keine Pakete erhalten und ich erwarte auch keine. Haben Sie die Sendungsverfolgung für Ihr Paket überprüft?« Sie blieb ruhig, während sie versuchte, von dem seltsamen Vorwurf abzulenken.

»Er hat es per Eilzustellung geschickt. Aus Versehen, und jetzt wollen wir es zurückbekommen.«

»Es tut mir leid, aber ich kann Ihnen nicht helfen.«

Der Mann legte den Kopf schief. »Du lügst besser nicht.«

»Ich habe kein Interesse daran, ein Paket zu erhalten, das mit Leuten zu tun hat, die meinen, es sei in Ordnung, jemanden auf einem Parkplatz zu belästigen.« Sie konnte sich die Erwiderung nicht verkneifen. Direkt vor dem Krankenhaus, ihrem Arbeitsplatz, wurde sie wegen etwas belästigt, mit dem sie nichts zu tun hatte. Sie wollte einfach nur nach Hause fahren, verdammt noch mal.

»Was für eine eingebildete Schlampe du bist. Glaubst du, dass du als Ärztin besser bist als wir?«

»Ich rette Leben. Können Sie das auch von sich behaupten?« Als die Morgendämmerung den Himmel erhellte, wuchs ihr Mut. In diesem Bereich würde bald viel los sein.

»Auf der Welt gibt es zu viele Menschen, wenn du mich fragst«, sagte der erste Angreifer, die Daumen in die Gürtelschlaufen seiner Hose eingehakt. »Wann hast du das letzte Mal mit Theodore Russell gesprochen?«

»Wie bitte?«, rief sie, wobei sie ihre Verwirrung nicht vortäuschen musste.

»Theodore Russell. Dein Vater. Wann hast du das letzte Mal von ihm gehört?«

»Ich habe ihn nie getroffen.« Er war verschwunden, als sie noch klein gewesen war.

»Frag sie, ob sie diejenige ist, die gestern Abend den Köter gerettet hat«, sagte der andere Mann mit nasaler Stimme.

»Ich rette viele Leben.« Die ehrlichste Antwort.

»Dieser Kerl hätte sterben sollen, da er ziemlich durchlöchert war.« Der vorne stehende Mann hob eine Hand und tat so, als würde er eine Waffe abfeuern. Das Blut gefror ihr in den Adern.

»Sind Sie derjenige, der ihn niedergeschossen hat?«

»Mit ein wenig Hilfe von meinen Freunden.« Eine erschreckende Antwort.

Ein Rascheln veranlasste sie dazu, den Kopf zu drehen, woraufhin sie sah, dass sein Komplize sowie ein dritter Mann sie flankierten. Alle drei verbargen ihr Gesicht.

Nicht gut.

»Sie müssen sofort verschwinden. Die Polizei ist auf dem Weg«, sagte sie laut in der Hoffnung, dass derjenige, der ihren Anruf beim Sicherheitsdienst entgegennahm, den Hinweis verstand.

»Wir werden dir nichts tun, nicht heute. Aber wir

geben dir eine freundliche Warnung. Wenn dieser Mistkerl oder einer seines räudigen Rudels das nächste Mal in deine Notaufnahme kommt, verlässt derjenige sie besser nicht, es sei denn, er steckt in einem Leichensack. Habe ich mich klar ausgedrückt?«

»Ich lasse niemanden auf meinem Tisch sterben, weil Sie ein Problem mit ihm haben.«

»Dann sollte ich wohl besser dafür sorgen, dass wir das nächste Mal nicht danebenschießen.« Sie konnte sich das böse Grinsen nur vorstellen, das zu seinem Tonfall passte.

»Hey, Sie, was fällt Ihnen ein, unser Personal zu belästigen?«

Maeve hätte vor Erleichterung zusammensacken können, als Benedict in Sichtweite kam, die Hand an seinem Holster.

»Lasst uns gehen, Jungs«, sagte der Anführer der Gruppe, aber bevor er seinen Freunden folgte, hatte er noch ein paar Worte für Maeve. »Wenn du einen Karton bekommst, gib ihn im Grendell ab. Und denk nicht einmal daran, ihn zu behalten, sonst bist du beim nächsten Mal vielleicht diejenige, die ein paar Löcher im Körper hat.«

Der Kerl verschwand mit seinen Freunden, als der ältere Benedict sie schnaufend erreichte. »Geht es Ihnen gut, Dr. Friedman?«

Kaum. Aber sie nickte und antwortete: »Es geht mir gut. Danke, dass Sie mich gerettet haben.«

»Kein Problem. Verdammte Drogensüchtige. Wir werden die Patrouillen verstärken müssen. Wir können nicht zulassen, dass das Personal belästigt wird.«

Sie korrigierte die falsche Annahme nicht. Vor allem, weil die Drohung keinen Sinn ergab. Warum sollte jemand denken, dass sie in etwas Illegales verwickelt sein könnte? Denn sie hatte keinen Zweifel daran, dass der Inhalt des Kartons, den sie wollten, gegen irgendein Gesetz verstoßen musste. Außerdem: Wer außer einem Verbrecher würde eine Ärztin bedrohen und ihr befehlen, ihren Eid zu missachten? Wenn jemand ins Krankenhaus kam, spielte es keine Rolle, wie und warum er dorthin gekommen war. Es war ihre Pflicht, alles in ihrer Macht Stehende zu tun, um sein Leben zu retten.

Das erinnerte sie an den Kriminalbeamten. Sie sollte ihn wirklich kontaktieren und ihm erzählen, was gerade passiert war. Zum Revier zu gehen, eine Aussage zu machen, Fragen zu beantworten und sich wahrscheinlich Verbrecherfotos anzusehen würde Stunden dauern.

Seufz. Der Himmel hellte sich immer weiter auf, was ihre Müdigkeit nur noch verdeutlichte. Und wofür? Sie wollte sich nicht einmischen. Hier handelte es sich um eine Verwechslung. Sie war nicht im Besitz eines Kartons.

Benedict begleitete Maeve zu ihrem Wagen. Sie fuhr direkt nach Hause und nutzte die Fernbedienung für das Garagentor, um hineinrollen zu können, und blickte in den Rückspiegel, während das Tor sich schloss, da sie plötzlich Angst hatte, jemand könnte hineinkommen. Sie entledigte sich ihrer Jacke, Handtasche und Schuhe und stellte Letztere in die Gummiablage neben der Eingangstür. Sie fiel fast um, als es an der Tür klingelte.

Eine Stimme ertönte aus ihrem Haus-Sicherheitssystem: »Jemand ist an der Haustür.«

Anstatt sie zu öffnen, ging sie zum Fenster, um einen Blick nach draußen zu werfen. Ein Lieferwagen war vor der Tür geparkt, dessen Fahrer sich bereits vom Haus entfernte. Seine Hände waren leer. Als er wegfuhr, öffnete sie die Tür und fand einen Karton, auf dem nur die handgeschriebene Adresse und ihr Name standen.

M. Friedman.

Für eine Sekunde dachte sie an die Typen auf dem Parkplatz. Plötzlich verängstigt, zog sie den Karton ins Haus und schloss die Tür ab. Sie lehnte sich gegen die Tür und starrte auf das Paket.

Es könnte ein Zufall sein.

Wein. Wein würde das in Ordnung bringen. Ihre Hände zitterten, als sie den Korken aus einer Flasche Sauvignon Blanc zog.

Sie trank, während sie um den Karton herumging, den sie in ihr Wohnzimmer gestellt hatte. Die Vorhänge vor den Fenstern waren zugezogen, als befürchtete sie, dass jemand spionieren könnte.

Lächerlich. Diese Gegend war sicher. Obwohl sie sich wirklich darum kümmern sollte, die Alarmanlage reparieren zu lassen. Drei der Fenstersensoren mussten ausgetauscht werden.

Während sie an ihrem zweiten Glas nippte, holte sie ein Messer und schnitt das Klebeband durch, das die Klappen des Kartons geschlossen hielt. Als sie sie anhob, fand sie darin einen zweiten Karton und einen an sie adressierten Umschlag, auf dem in der oberen linken Ecke der Name einer Anwaltskanzlei stand.

Okay, das wurde langsam seltsam. Sie nippte am Wein, hielt den Umschlag in der Hand und betrachtete den Karton im Karton. Der zweite schien von der Art zu sein, wie man sie in Anwaltskanzleien sah – aus steifer Pappe, mit einem Deckel und Griffen. Ein Blick hinein offenbarte Ordner und andere Dinge. Auf all dem lag ein gefaltetes, liniertes Blatt Papier.

Plötzlich benommen ließ sie den Deckel fallen und nahm noch ein paar Schlucke Wein, bevor sie den Umschlag von der Anwaltskanzlei öffnete. Darin befand sich ein getippter Brief. Die Kernaussage? Ihr nichtsnutziger Vater war gestorben. Und seine Sachen befanden sich in dem Karton.

Oh, zum Teufel, nein. Als würde es sie interessieren, dass der Mann, der Sperma gespendet hatte, um sie zu zeugen, gestorben war. Sie kannte ihn nicht und hatte auch kein Interesse daran, das jetzt zu ändern.

Sie schnappte sich den Karton und marschierte zur Haustür, bereit, ihn nach draußen zu werfen. Doch dann hielt sie inne. Was, wenn sie es später bereute, ihn losgeworden zu sein? Ihre Chance verpasst zu haben, mehr über ihren Vater herauszufinden. Vielleicht sollte sie noch ein wenig warten, bis sie die Gelegenheit gehabt hatte, darüber nachzudenken.

Sie verstaute ihn in ihrem Keller. Aus den Augen, aus dem Sinn.

Das Glas Wein, das sie getrunken hatte, half nicht gegen das Zittern in ihren Händen, und es fiel ihr schwer einzuschlafen. Als sie schließlich in einen unruhigen Schlaf fiel, sorgten Albträume von Monstern, die sie verfolgten, dafür, dass sie sich beim Aufwachen noch schlechter fühlte.

Während sie an einem Kaffee nippte, der eigentlich intravenös hätte verabreicht werden müssen, rief sie Brandy an. »Ich werde es heute Abend nicht ins Kino schaffen. Ich bin erschöpft. Ich konnte nicht schlafen.«

»Ich habe gehört, dass du auf dem Parkplatz belästigt wurdest.«

»Wer hat dir das erzählt?«

Brandy schnaubte. »Benedict hat es Darcy erzählt, und der hat es allen erzählt.«

»Es war beängstigend.« Sie erwähnte weder den Karton noch ihren Vater. »Benedict hat gesagt, er würde um mehr Sicherheitsbeamte bitten.«

»Und man wird ihn abweisen, weil Peabody ein Geizkragen ist.«

»Ich bin sicher, wir müssen uns keine Sorgen machen. Die Jungs wollten mich nur warnen.«

»Wovor?«

»Im Grunde genommen hätte ich Mr. Schussopfer sterben lassen sollen. Anscheinend hätte er nicht auf seinen eigenen zwei Füßen rauskommen sollen.«

»Oooh, das ist ja interessant.« Maeve konnte sich

fast Brandys runde Augen vorstellen, als sie plapperte: »Ich frage mich, warum sie ihn tot sehen wollen.«

»Ich weiß es nicht. Ist mir auch egal.«

»Offensichtlich ist es dir nicht egal, sonst hättest du geschlafen«, stellte Brandy scharfsinnig fest. »Zieh dich an.«

»Warum? Ich habe dir doch gerade gesagt, dass ich nicht in der Stimmung für einen Film bin.«

»Den Teil habe ich gehört. Und das ist nicht der Grund, warum ich dich jetzt abhole. Du musst dich entspannen, und zum Glück kenne ich genau den richtigen Ort, der dir dabei helfen kann. Lanark Leaf. Ein Marihuana-Laden.«

KAPITEL VIER

Griffin stand an dem großen Fenster seiner Wohnung, während Billy ihm alles erzählte, was er über die Schießerei herausgefunden hatte.

»Ich kann es noch nicht bestätigen, aber der Sicherheitsdienst des Krankenhauses hat einen Bericht geschrieben, dass eine Ärztin nach ihrer Schicht auf dem Parkplatz belästigt wurde.«

»Und inwiefern hat das mit mir zu tun?«, fragte er, wobei er sich vom Fenster wegdrehte.

»Vielleicht gar nicht, aber ich fand es interessant, dass drei maskierte Männer es offenbar auf dieselbe Ärztin abgesehen hatten, die sich um dich gekümmert hat.«

Das erregte seine Aufmerksamkeit. »Hat sie gesagt, worauf sie aus waren?«

Billy schüttelte den Kopf. »Das stand nicht im Bericht, und ich habe noch nicht mit ihr gesprochen. Sie arbeitet erst am Dienstag wieder und obwohl ich ihre Adresse habe, denke ich nicht, dass ich sie deswegen zu Hause besuchen sollte. Technisch gesehen ist das kein offizieller Fall. Wenn sie auf dem Revier anrufen würde –«

Griffin schlug mit einer Hand durch die Luft, um ihn zu unterbrechen. »Tu nichts, was Aufmerksamkeit erregen könnte. Ich kümmere mich darum.«

»Bist du sicher, dass das klug ist?«

»Ich muss etwas tun. Die Jungs sind unruhig. Sie wollen Blut sehen für das, was passiert ist.« Im Rudel herrschte erbitterte Loyalität. Sie würden füreinander sterben.

»Ich weiß nicht, ob der Vorfall mit der Ärztin und deine Schießerei etwas miteinander zu tun haben.«

»Ich schätze, das werde ich bald herausfinden. Wie ist ihre Adresse?«

»Ich schicke sie dir per SMS.«

Griffin rieb sich über den stoppeligen Kiefer. »Meinst du, es könnte das Sauveur-Rudel gewesen sein?« Ihre Rivalen von der anderen Seite des Flusses.

»Mein Kontakt dort behauptet, dass sie es nicht waren.«

»Als würden sie das zugeben«, grummelte Griffin. Gleichzeitig schien es nichts zu sein, was Felix, der Anführer des rivalisierenden Rudels, tun würde. »Ich nehme an, du hast immer noch kein Überwachungsmaterial aus der Gegend gefunden?« Die Schießerei war schnell vonstattengegangen und Griffin hatte nicht viel mehr gesehen als ein vorbeifahrendes Fahrzeug und Mündungsfeuer.

»Nein. Und selbst wenn, würde ich wetten, dass der Wagen, den sie gefahren haben, entweder keine Nummernschilder hatte oder gestohlen war. Es könnte sogar der Wagen sein, den man heute Morgen verbrannt unter einer Überführung gefunden hat.«

»Du meinst also, wir haben einen Scheißdreck.« Griffin seufzte.

»Tut mir leid, Boss. Ich werde weitergraben.«

»Du musst dich nicht entschuldigen. Das ist nicht deine Schuld. Ich schätze alles, was du tust. Aber sei vorsichtig. Niemand, der hinter mir her ist, wird zögern, dich zu töten.«

»Sie können es versuchen.« Billy grinste selbstgefällig.

»Sei vorsichtig.«

»Du bist derjenige, der aufpassen muss. Wir können nicht zulassen, dass du dem Rudel wegstirbst und ein Loch in der Führung hinterlässt. Dann hätten wir es vielleicht mit Felix und seiner seltsamen Vorliebe für Proteinshakes zu tun.«

»Meine Güte, ich fühle mich so geliebt.«

»Wäre es dir lieber, wenn ich dir Zucker in den Arsch blasen würde?«

»Ja!«, brummte Griffin mit einem Grinsen. »Du solltest jetzt gehen, bevor dich jemand mit mir erwischt.«

Auch wenn Billy zum Rudel gehörte, wussten Außenstehende es nicht, und sie wollten, dass es so blieb. Das bedeutete, dass niemand außerhalb des Rudels Griffin und Billy zusammen sehen durfte. Einer der Gründe, warum er das Gebäude gekauft hatte, war sein geheimer unterirdischer Zugang. Ein früherer Besitzer hatte nicht nur ein verstecktes Treppenhaus mit verborgenen Türen in jedem Stockwerk gebaut, sondern auch einen Zugangstunnel vom Keller zum U-Bahn-System gegraben. Das machte das Rein- und Rausschleichen leicht, zumal nur das Rudel von den Geheimgängen wusste.

Als Billy auf die falsche Vertäfelung zusteuerte, welche die oberste Tür verbarg, blieb er an der Reihe der Sicherheitsmonitore stehen, auf denen die Videos der verschiedenen Kameras im Laden zu sehen waren. Billy zeigte darauf. »Sieht aus, als wüsste die Ärztin, wer du bist.«

»Was soll das denn heißen?«

»Sie ist in deinem Laden und sieht sich die E-Zigaretten an.«

Mit dieser überraschenden Ansage ging Billy und es war keine Überraschung, dass Griffin einen Blick auf die Ärztin werfen wollte. Er starrte auf den Bildschirm und musterte die Frau. Sie war eine echte Schönheit, was er nicht bemerkt hatte, da bei ihrem ersten Treffen nur ihre Augen sichtbar gewesen waren. Außerdem war er verständlicherweise durch seine vielen Einschusslöcher abgelenkt gewesen.

Sie hatte langes, dunkles Haar, das zu einem unordentlichen Dutt gebunden war, feine Gesichtszüge, volle Lippen und in dieser hüftbetonten Jeans die Art von Körper, die einen Mann mehr als nur einen zweiten Blick riskieren ließ. Heiß. Wahrscheinlich vergeben. *Schade*, war alles, was er denken konnte, als sie sich über eine Vitrine beugte, um sich etwas anzusehen, auf das die Frau neben ihr sie aufmerksam machte.

Warum war sie in seinen Laden gekommen? Es könnte ein Zufall sein. Schließlich rauchten selbst Ärzte Gras. Aber bei dem Geheimnis, das Griffin hütete, mutmaßte er nie.

Was, wenn die Ärztin ihn irgendwie erkannt hatte? War sie schon einmal in seinem Laden gewesen und hatte ihn vielleicht am Tresen arbeiten sehen? Das tat er nicht oft, jedenfalls nicht mehr. Hatte sie ihn ausfindig gemacht, und wenn ja, warum? Er konnte sich nicht daran erinnern, in der Notaufnahme etwas getan zu haben, wo es jeder sehen konnte. In dem Moment, in dem er aus dem Operationssaal geflohen war, hatte er einen leeren Raum betreten, um sich zu verwandeln. Er hatte die Luft geprüft, um sicherzugehen, dass niemand in der Nähe war, bevor er in einen leeren Flur gegangen war. Sobald er diesen Bereich verlassen hatte, war er nicht mehr zu übersehen gewesen. Die Leute hatten zwar einen Wolf gesehen, aber niemand hätte ihn mit einem Patienten in Verbindung bringen sollen, der aus der Notaufnahme geflohen war.

Aber was war mit der Zeit, bevor er das Bewusstsein wiedererlangt hatte? Es konnte sein, dass die Ärztin etwas Verdächtiges gesehen hatte. Was war mit den Männern auf dem Parkplatz? Hatten sie sie dazu angestiftet, seinen Laden zu besuchen?

Aus Neugierde zog er sich einen Kapuzenpulli mit Reißverschluss über, zu dem er eine Baseballkappe und eine Sonnenbrille trug. Es würde niemanden vom Rudel täuschen, der ihn roch, aber für jeden, der nur zufällig in seine Richtung schaute, würde er mehr oder weniger anonym bleiben. Er ging die Treppe hinunter und schlüpfte in den Lagerraum, wo er lauschte, wie sich die Ärztin und ihre Freundin mit Lonnie an der Kasse unterhielten. Ein abgewickelter Verkauf führte zu einem Piepton. Sein Signal zum Gehen.

Griffin schlich in der Gasse herum, bevor die Haupttür des Ladens durch ein Klingeln ihr Weggehen verkündete. Er zählte bis zehn, da er wusste, wie lange sie brauchen würden, um an dieser Stelle vorbeizukommen. Wenn er sie nicht sah, bedeutete das, dass sie in die andere Richtung gegangen waren.

Bei sieben gingen sie vorbei, zwei unbekümmerte Freundinnen. Sie bemerkten nicht einmal, dass er sich an ihre Fersen heftete, nur ein weiterer Fußgänger, der an einem schönen Samstagnachmittag spazieren ging. Sie gingen nicht weit und bogen in eine Seitenstraße ein, in der sich ältere Wohnhäuser befanden – zweistöckige, rechteckige Backsteingebäude, wie sie in Ottawa häufig zu finden waren.

Als sie auf den Weg zu einem Haus einbogen, ging er auf dem gegenüberliegenden Bürgersteig weiter und drehte sich nicht um, bis er das Zuschlagen einer Tür hörte. Erst dann überquerte er die Straße und ging zurück in den Garten eines Hauses, das zwei Türen weiter lag. Das *Zu verkaufen* Schild vor dem Haus und die fehlenden Vorhänge an den Fenstern machten es zu einem guten Ort, um sich zu verstecken und zu beobachten. Wenn er erst einmal drin war, verstand sich. Das stellte sich als nicht schwer heraus, da das Sicherheitssystem individuelle Tasten umfasste, die den Duft eines jeden hielten, der sie bei seinem Besuch drückte. Er musste nur die Reihenfolge herausfinden. Im Handumdrehen war er drin und ging in den obersten Stock, wo er ein Fenster leicht öffnete und das Haus mit der Ärztin und ihrer Freundin beobachtete. Das Haus der Ärztin? Das würde er bald herausfinden.

Er schickte eine Nachricht an Billy.

Hey, wie lautet die Adresse der Ärztin?

Während er auf eine Antwort wartete, fiel ihm ein, dass er ihren Namen immer noch nicht kannte. Aber vielleicht wusste er, wie er ihn herausfinden konnte. Er rief die Webseite des Krankenhauses auf seinem Handy auf. Mit wenigen Klicks ging er die Liste der Ärzte durch, die dort arbeiteten. Nur Namen, keine Bilder.

Zum Glück schickte Billy ihm eine Nachricht mit allem, was er brauchte.

Maeve Friedman.

Die aktuelle Adresse war das Haus, zu dem er sie verfolgt hatte. Siebenunddreißig Jahre alt. Keine Straftaten in den Akten. Nicht einmal ein Strafzettel.

Ihr Name, ihr Wohnort und zu wissen, wie sie aussah, genügten ihm, um sie in den sozialen Medien zu finden. Obwohl sie nicht viel postete, deuteten ihre Profile darauf hin, dass sie Single war.

Da Griffin noch ein paar Stunden bis zum Einbruch der Dunkelheit blieben, machte er ein Nickerchen, das sein Körper nach dem Trauma dringend nötig hatte. Die schnelle Heilung, eine Eigenschaft der Lykaner, verlangte ihm einiges ab.

Als er aufwachte, war die Nacht hereingebrochen und die Straßenlaternen waren angegangen, sodass die Gegend gut beleuchtet war, aber auch tiefe Schatten entstanden. Perfekt zum Herumschleichen. Er verließ das Haus über die Rückseite und bewegte sich vorsichtig durch die kleinen Gärten, in der Hoffnung, dass ihn niemand entdeckte und die Polizei rief.

Als er das Grundstück der Ärztin erreichte, ging er in die Hocke, um die Gitterstäbe an den Kellerfenstern zu überprüfen. Festgerostet. Da würde er nicht reinkommen.

Er warf einen Blick auf die Rückseite des Hauses mit der Glasschiebetür und der kleinen Terrasse mit den Stufen, die hinunter in den mit Kieselsteinen bedeckten Garten führten. Die Yuppie-Methode, um keinen Rasen mähen zu müssen.

Das plötzliche Rauschen der Schiebetür veranlasste ihn, sich an der Seite der Veranda zu ducken, in der Hoffnung, dass derjenige, der herauskam, nicht nach unten schaute. Ein Duft wehte ihm entgegen, weich, mit einem Hauch von Vanille und Seife. War es die Ärztin? Im Krankenhaus war er nicht ganz bei sich gewesen, seine Sinne nicht voll funktionsfähig, und außerdem hatte sie sich sterilisiert, bevor sie ihn behandelte.

Ein Brett knarrte, als sie sich an den Rand der Veranda bewegte. Er hörte, wie sie einatmete, bevor er den Rauch der E-Zigarette roch. Süß, mit einem Hauch von Skunk, einer besonderen Cannabissorte. Wahrscheinlich eine Nachtzeit-Mischung. Sehr beliebt bei Büroangestellten.

Ein kurzer Blick bestätigte, dass die Ärztin diejenige war, die rauchte. Sie nahm etwa drei Züge, bevor sie wieder hineinging. *Klick*. Das Schloss rastete ein. Clever. In der Stadt konnte man nie vorsichtig genug sein. Sein Laden hatte vergitterte Fenster und verstärkte Stahltüren.

Aber so vorsichtig die Leute bei den Zugängen im Erdgeschoss waren, so wenig achteten sie auf die Fenster im ersten Stock. Er warf einen Blick nach oben. Die hintere Veranda hatte kein Vordach. Er erinnerte sich jedoch an die überdachte Eingangstreppe an der Vorderseite. Sie war gut beleuchtet. Er brauchte einen anderen Weg, um hinauf- und hineinzukommen.

Er kehrte zu dem Haus zurück, in dem er ein Nickerchen gemacht hatte, und benutzte diesmal das Fenster im ersten Stock, um auf das Dach zu klettern. Das Leben in der Stadt bedeutete Nähe. Es war nur allzu leicht für ihn, zum nächsten Haus und dann zu dem der Ärztin hinüberzugelangen. Der nächste Teil erwies sich als kniffliger, denn er musste ein unverschlossenes Fenster finden, auf dem Sims balancieren, das Fenstergitter aufbrechen – natürlich ganz leise –

und dann die Glasscheibe aufschieben. Er zwängte sich in einen Raum, der nur ihr Schlafzimmer sein konnte. Der Geruch der Ärztin durchdrang die Luft.

Er machte kein Licht an, konnte aber im Halbdunkel gut genug sehen. Ein Bett mit nur einem großen Kissen, die Decke straff gezogen. Ein Nachttisch auf jeder Seite. Eine Kommode am Fußende. Spiegelschiebetüren am Kleiderschrank. Eine einzige Tür nach draußen. In älteren Häusern wie diesem gab es nicht das übliche angrenzende Badezimmer.

Er schlich durch den Raum, um einen Blick durch die Tür zu werfen, nur um sich wieder zurückzuziehen, als er hörte, wie jemand die Treppe hinaufkam.

Wo sollte er sich verstecken? Die Schranktür würde mit ihrer alten Metallschiene Geräusche machen. Durch das Fenster zu fliehen würde mehr Zeit kosten, als er hatte. Er glitt unter das Bett in der Hoffnung, dass der Rüschensaum sich nicht allzu lange bewegen würde.

Sie trat ein und betätigte einen Schalter. Unter dem Bett, wo der hauchdünne Stoff seine Sicht behinderte, konnte er nur einen vagen Eindruck von ihren Füßen und Knöcheln gewinnen, während sie sich im Schlafzimmer bewegte. Er hörte das Rascheln, als sie ihre Kleidung ablegte und in einen Korb warf, gefolgt von dem Öffnen und Schließen einer Schublade, als sie einen Schlafanzug herauszog. Die reizvolle, verführerische Version oder die praktische?

Nicht dass es darauf ankam. Das Licht ging aus

und sie ging zum Bett, wobei die Matratzenfedern leicht knarrten, als sie sich hinlegte.

Na, verdammt. Er würde sich nicht mehr bewegen können, bis sie eingeschlafen war.

Während er unter ihrem Bett lag und wartete, kam ihm schließlich die Frage in den Sinn: *Was mache ich hier eigentlich?*

Er war sich ehrlich gesagt nicht sicher, warum er das Bedürfnis verspürt hatte, ins Haus zu kommen. Was genau hatte er erwartet zu finden? Sie arbeitete offensichtlich nicht mit seinem Feind zusammen, sonst hätte sie ihn in der Notaufnahme sterben lassen.

Aber sie war in seinem Laden gewesen.

Um Cannabis zu kaufen. Das beste der Stadt.

Das sie dann geraucht hatte.

Er war so ein Idiot. Ein paranoider Idiot, der gerade unter einem Bett feststeckte, während sich die Frau darin unruhig hin und her wälzte, scheinbar von irgendetwas geplagt.

Im Gegensatz zu Griffin. Er schlief noch vor ihr ein.

KAPITEL FÜNF

Letzten Endes erfüllte das Gras, zusammen mit ihrer Erschöpfung, seinen Zweck und Maeve schlief ein, wobei sie auf ihr Kissen sabberte, bis sie von dem Geräusch zerbrechenden Glases geweckt wurde.

Erschrocken versteifte sie sich im Bett. Hatte sie sich eingebildet, etwas zu hören? Hatte sie es geträumt? Sie drehte sich auf die Seite, das Knarzen ihrer Matratze und das Rascheln der Bettdecke waren in der Stille laut zu hören. Als sie in ihrer neuen Position zur Ruhe kam, lauschte sie angestrengt.

Nichts war zu hören.

Sie kuschelte sich in ihr Kissen.

Knarz.

Sie riss die Augen auf. Das hörte sich an, als käme jemand die Treppe hinauf. Die dritte Stufe machte immer ein Geräusch, egal wo man sein Gewicht platzierte.

Sie setzte sich auf und griff nach dem Baseballschläger, den sie neben dem Bett aufbewahrte. Sie hatte schon zu viele Schussopfer gesehen, als dass sie jemals selbst eine Schusswaffe besitzen würde. Sie umklammerte den Aluminiumschläger, schwang ihre Beine über die Bettkante und stand auf. Sie hielt ihn mit einer Hand und ignorierte ihr Handy auf dem Nachttisch. Sie wollte nicht voreilig Hilfe rufen. Wenn es sich um einen Notfall handelte, musste sie nur »Tweedle-dee« sagen, damit die Befehlserfassung, die sie in ihr Sicherheitssystem programmiert hatte, den Notruf wählte. In einem Sicherheitskurs, den sie besucht hatte, war ihr geraten worden, keine gewöhnlichen Wörter zu benutzen, um nicht versehentlich einen Notruf abzusetzen.

Sie ging auf die offene Zimmertür zu, hielt aber inne, als sie einen dumpfen Schlag hörte. Dann einen weiteren, gefolgt von einem Grunzen, das so laut war, dass sie die Augenbrauen hochzog. Sie knallte ihre Schlafzimmertür zu und rief: »Tweedle-dee!« Während sie zum Telefon lief, wünschte sie sich inständig, sie hätte die Reparatur ihres Alarmsystems nicht so hinausgezögert.

Ihr Handy war gerade mit dem Wählen fertig, als sie es mit einer Hand aufnahm.

Es klingelte einmal und jemand ging ran. »Notrufzentrale, wie kann ich helfen?«

»Jemand ist in mein Haus eingebrochen und ist immer noch da!« Die sonst so unerschütterliche Maeve war beunruhigt. Zu wissen, dass Verbrechen geschahen, und es selbst zu erleben, waren zwei verschiedene Dinge, und Letzteres war beängstigend. Auf Anraten der Notrufzentrale blieb sie in ihrem Schlafzimmer, wo sie den Schläger umklammert hielt und der beruhigenden Stimme zuhörte, die sie über die Fortschritte der Polizei auf dem Laufenden hielt.

Als sie das Hämmern an ihrer Haustür hörte und die Bestätigung erhielt, dass die Polizei auf der anderen Seite stand, wagte sie sich in den Flur, Handy und Schläger weiterhin bei sich. Als die Tür eingetreten wurde, zuckte sie zusammen. Dem gebrüllten Befehl »Hände hoch!« kam sie nach.

»Lassen Sie die Waffe fallen!«, schrie ein Beamter, der seine Pistole auf sie gerichtet hatte.

Ihre Augen weiteten sich. Sie ließ den Schläger fallen, der lautstark aufschlug und den jungen Polizeibeamten erschreckte.

Erst als jemand blaffte: »Was zum Teufel machen Sie da, Peterson? Stecken Sie Ihre verdammte Waffe ins Holster«, ließ der Neuling seine Waffe sinken.

Sie hätte vor Erleichterung seufzen können, als sie den vertrauten Mann am Fuß der Treppe erblickte.

»Detective Gruff«, rief sie freudig.

»Dr. Friedman, geht es Ihnen gut? Ich habe über den Funk gehört, dass bei Ihnen ein Einbruch stattfindet.«

»Mir geht es gut.« Sie kam die Treppe hinunter, wobei sie das Knarren der dritten Stufe von unten hörte.

»Haben Sie etwas gesehen?«

Sie schüttelte den Kopf. »Ich habe mich in meinem Schlafzimmer versteckt.«

»Das war das Klügste, was Sie tun konnten.« Der Detective deutete in die Richtung ihres Wohnzimmers. »Sieht aus, als wäre er durch Ihr vorderes Fenster gekommen. Chaos hat er auch angerichtet.«

»Wo ist er?« Sie umklammerte ihr Handy mit beiden Händen.

»Das versuchen wir herauszufinden. Zuerst stellen wir sicher, dass er nicht mehr im Haus ist. Peterson, Sie überprüfen das Obergeschoss. O'Connor, Sie übernehmen den Keller. Ich bleibe bei der Ärztin und behalte das Erdgeschoss im Auge.«

Als die beiden Beamten in Uniform sich verteilten, warf sie dem Detective einen Blick zu. »Ich bin überrascht, dass Sie geschickt wurden.«

»Ich habe zufällig Ihren Namen über den Funk gehört und dachte, ich schaue mal vorbei, um mich zu vergewissern, dass es Ihnen gut geht.«

»Wie ich schon sagte, ich habe mich versteckt. Mir geht es gut.« Theoretisch gesehen. Bis auf ihre Geistesverfassung hatte nichts an ihrem Körper Verletzungen erlitten.

Der Detective ging ins Wohnzimmer und sah sich das Chaos an, angefangen bei den Glassplittern auf dem Boden bis hin zu dem umgestürzten Pflanzenständer und dem Beistelltisch. »Sieht nicht so aus, als wäre derjenige allzu leise gewesen. Wahrscheinlich ein Drogenabhängiger auf der Suche nach Kleingeld oder anderen Dingen, die er zu Geld machen kann.«

»Es hörte sich an, als würden sich Leute streiten.« Sie hatte ein Grunzen und ein dumpfes Geräusch gehört, als wäre eine Faust auf Fleisch getroffen. Allerdings hatte sie nur eine Sekunde lang zugehört, bevor sie sich in ihrem Schlafzimmer eingesperrt hatte.

»Vielleicht war es mehr als einer und sie haben sich gestritten.«

»Vielleicht.« Sie schlang ein wenig skeptisch die Arme um ihren Körper. Sie fühlte sich durch diese Aussage nicht besser.

Peterson tauchte wieder auf. »Oben ist alles klar.«

O'Connor folgte sofort und berichtete das Gleiche über den Keller.

Der Detective wedelte mit einer Hand. »Sichern Sie dieses Stockwerk und gehen Sie dann in den Garten.«

Die Beamten machten sich auf den Weg und sie fragte: »Glauben Sie, sie sind noch hier?«

»Nein, aber wir sollten sichergehen.«

»Denken Sie wirklich, dass es jemand war, der nach Geld für Drogen gesucht hat?« Sie knabberte an ihrer Unterlippe.

»Höchstwahrscheinlich, es sei denn, Sie denken, sie haben nach etwas anderem gesucht?«

Für einen Moment musste sie an die Typen auf dem Parkplatz denken, die einen Karton gewollt hatten. Konnte ein Zusammenhang bestehen? Ein beängstigender Gedanke, denn das würde bedeuten, dass sie wussten, wo sie wohnte.

Bevor sie etwas sagen konnte, kam Peterson zurück. »Keiner da.«

»Wo ist O'Connor?«

»Im Garten, er schaut zwischen den Häusern nach.«

»Es scheint, als wären die Einbrecher geflohen. Ich bezweifle, dass sie zurückkommen, aber Sie sollten woanders schlafen, bis das Fenster repariert ist. Wenn Sie Sperrholz und eine Bohrmaschine haben, kann ich Ihnen helfen, es zu sichern.«

»Normalerweise rufe ich Handwerker, um solche Dinge zu erledigen.«

Daraufhin stemmte Detective Gruff die Hände in die Hüften. »Wir können Sie nicht mit einem kaputten Fenster allein lassen. Das ist wie eine Einladung für Verbrecher. Peterson, bleiben Sie bei der Ärztin. Ich bin gleich wieder da.«

»Moment, was ist hier los? Wo wollen Sie denn hin?«

Es stellte sich heraus, dass er nicht lange weg blieb und nicht weit gegangen war, denn er kam bald mit einer Holzpalette und einer Bohrmaschine zurück. Der Detective ließ sich von Peterson helfen, die Palette auseinanderzuziehen und sie dann festzuhalten, während er sie an den Fensterrahmen schraubte.

Er sicherte Maeves Zuhause, und als er fertig war, lächelte er und sagte: »Da kommt niemand rein.«

»Danke.«

Sie meinte es ernst. Er hatte sein Bestes getan, damit sie in Sicherheit war, doch als der Detective und die Beamten weg waren, konnte sie nicht wieder einschlafen. Stattdessen saß sie im Dunkeln auf ihrer Couch, den Baseballschläger auf dem Schoß, und fragte sich, wann ihr Leben so kompliziert geworden war.

KAPITEL SECHS

Griffin tauchte auf Billys Rücksitz auf, als dieser vom Haus der Ärztin wegfuhr.

Der Detective warf ihm über den Rückspiegel einen Blick zu. »Ich kann nicht glauben, dass du in ihrem Haus warst.«

»Ich schätze, du hast mich gerochen.« Er verzog das Gesicht. Das war das Problem, wenn er es mit anderen seinesgleichen zu tun hatte.

»Ja, ich habe dich verdammt noch mal gerochen. Du hast Glück, dass sie es nicht getan hat. Was wolltest du in ihrem Haus?«

»Ich habe sie überprüft. Ich saß drinnen fest und musste mich verstecken, um auf eine Gelegenheit zu warten zu verschwinden.« Eine lange, umständliche Erklärung, um nicht zuzugeben, dass er eingeschlafen war.

»Und wenn sie dich gesehen hätte?«

»Das hat sie nicht und es war gut, dass ich heute

Nacht zum Spionieren gewählt habe, wenn man bedenkt, was passiert ist.«

»Du bist ein großes Risiko eingegangen, nur um sie vor einem Raubüberfall zu retten.«

»War es nur ein Raubüberfall?«, fragte Griffin.

»Das ist sehr wahrscheinlich. Diese Straße mag zwar aufgewertet sein, aber wir beide wissen, dass ein paar Blocks weiter eine Oase für Kleinkriminelle ist.« Sozialwohnungen gingen nicht immer an die Bedürftigsten. Der Abschaum wusste, wie er sich hineinwinden konnte, und ebnete den Weg für Gewalt und Diebstahl.

»Das Motiv werden wir wohl herausfinden, wenn wir ihn befragen.«

Billy trat auf die Bremse. »Warte mal kurz. Du hast den Einbrecher geschnappt?«

»Ja. Allerdings ist er nicht leise mitgekommen. Es hat nicht geholfen, dass ihre Treppe verdammt laut knarzt. Er hat mich runterkommen hören. Das muss ich mir für das nächste Mal merken.«

»Für das nächste Mal?« Billy drehte sich, um ihn anzustarren. »Du hättest gar nicht erst in ihrem Haus sein sollen.«

Ein gutes Argument, auf das er keine richtige Antwort wusste. »Vielleicht. Es könnte aber auch sein, dass es das Schicksal gut mit mir gemeint und mich zur richtigen Zeit an den richtigen Ort gebracht hat.«

»Das klingt eher so, als würdest du versuchen, aus einem einfachen Einbruch mehr zu machen, als es ist.«

»Warum nimmst du immer noch an, dass es Zufall war?«

»Hat der Typ, den du gefangen hast, irgendetwas gesagt?«

»Nein. Ich habe ihn ein wenig hart geschlagen. Wenn er aufwacht, werden wir mit ihm reden.«

»Ich bin überrascht, dass du ihn zurückgelassen hast. Hast du ihn in den Büschen versteckt?«

»In deinem Kofferraum, um ehrlich zu sein.«

Billy legte seinen Kopf auf das Lenkrad. »Willst du mich verarschen? Was, wenn jemand gesehen hat, wie du ihn in meinen Kofferraum gehievt hast?«

»Niemand hat es gesehen. Danke, dass du an einer dunklen Stelle geparkt hast. Außerdem wissen wir beide, dass alle Augen auf das Blaulicht gerichtet waren.«

»Und wenn ich nicht aufgetaucht wäre, was hättest du dann getan?«

»Ich hätte mich darum gekümmert.« Das leere Haus mit seinem steinernen Keller hätte sich gut für seine Vernehmungstaktik geeignet.

»Du verhältst dich untypisch verrückt.«

»Tue ich das? Der Typ in deinem Kofferraum ist Lykaner.«

Daraufhin runzelte Billy die Stirn. »Bist du sicher? Ich habe im Haus niemanden außer dir, den Beamten und ihr gerochen.«

»Weil seine Kleidung mit etwas getränkt ist, das seinen Geruch überdeckt. Aber glaub mir, wenn ich sage, dass er ein Wolf ist. Das bedeutet, dass es wahrscheinlich etwas mit dem Rudel zu tun hat.«

»Warum ist er hinter der Ärztin her?«

»Als Warnung für mich, weil sie mir das Leben gerettet hat?« Griffin zuckte mit den Schultern. »Ich gebe zu, dass es keinen Sinn macht, hinter ihr her zu sein, deshalb habe ich auch Fragen an unseren Gast im Kofferraum. Kannst du uns außerhalb der Stadt absetzen?«

»Hast du nicht vor, ihn am Leben zu lassen?«

»Du weißt, wie ich über Verbrechen denke.« Griffin hasste Diebe, die sich an den Schwachen vergriffen. Und noch mehr hasste er Schläger, die Leute ohne Grund verletzten. Manche würden behaupten, es sei eine ironische Einstellung für einen Drogendealer.

»Ein ganz normaler Superheld«, spottete Billy.

»Das musst du gerade sagen, *Detective*.«

»Du weißt, dass wir etwas haben, das sich Justizsystem nennt.«

»Was zu lange dauert, die Strafen sind zu gering und das ganze Verfahren kostet den Steuerzahler ein Vermögen, besonders bei Berufsverbrechern. Mein Weg ist wesentlich effizienter.«

»Und riskant.«

»Unsere gesamte Existenz ist riskant, also kann sie genauso gut auch sinnvoll sein.«

Billy schüttelte den Kopf. »Eines Tages werde ich dich vielleicht nicht mehr decken können.«

»Verstanden. Und wenn ich so nachlässig bin, dann habe ich es auch verdient.«

Denn er hatte nicht vor, aufzuhören oder den Jungs zu sagen, dass sie aufhören sollten, still und leise die Straßen von Ottawa zu säubern. Niemand kümmerte sich um die vermissten Schläger oder die Crack-Süchtigen, die Handtaschen klauten oder Autos aufbrachen. Sich um Vergewaltiger zu kümmern bedeutete, ihren Opfern zu ersparen, das Trauma vor Gericht erneut zu erleben. Eine Sache, die ihm sehr am Herzen lag – angesichts dessen, was seine ältere Schwester Allie als Jugendliche durchgemacht hatte. Eines der ersten Dinge, die er getan hatte, als er Lykaner geworden war? Diesen vergewaltigenden Wichser jagen, um sicherzustellen, dass er nie wieder jemandes Mutter, Schwester oder Tochter etwas antat.

»Also, hast du etwas Interessantes über die Ärztin herausgefunden, während du spioniert hast?«, fragte Billy, als er wieder auf die Straße bog.

»Nichts. Sie scheint eine ganz normale Frau zu sein, die eine Vorliebe für alles hat, was nach Vanille duftet.«

»Sie sieht gut aus.«

Eine harmlose Aussage von Billy, und doch knurrte Griffin. »Halt dich von ihr fern.«

Billy zog eine Augenbraue hoch. »So ist es also?«

»Wie?«

»Du bist an ihr interessiert.«

»Nein.« Eine inbrünstige Verleugnung.

»Wenn du das sagst, Boss.« Billy machte keine Anstalten, seine Belustigung zu verbergen.

Als sie eine Überführung erreichten, blinkte eine Lampe am Armaturenbrett auf und Billy rief: »Der Kofferraum ist offen.«

Er trat auf die Bremse, während Griffin aus dem Auto stieg. Aber es war zu spät. Der Mann, den er gefangen genommen hatte, war entkommen und über das Geländer der Überführung gesprungen, wo er auf die Schnellstraße stürzte. Er überlebte den Sprung nicht.

Griffin starrte auf die Leiche und den Wagen hinab, der ausgewichen und zum Stehen gekommen war, um einen Zusammenstoß zu vermeiden. Billy gesellte sich zu ihm ans Geländer und murmelte: »Was zum Teufel ist hier los?«

»Keine Ahnung.«

Aber jemand, der sich lieber umbrachte, als Fragen zu beantworten, deutete auf etwas Großes hin.

Und Griffin würde der Sache auf den Grund gehen.

KAPITEL SIEBEN

Maeves Fenster wurde am Montag repariert, und trotz ihrer Angst ließ sie dieses und die anderen Fenster nicht vergittern. Sie lebte seit fast zehn Jahren in dem Haus, und dies war der erste Einbruch. Statistisch gesehen sollte sie für eine Weile sicher sein. Ihren Nerven half das nicht.

Als sie am Dienstag zur Arbeit zurückkehrte, um eine Tagesschicht zu übernehmen, stellte sie fest, dass der volle Zeitplan, bei dem sie einen Patienten nach dem anderen behandelte, dabei half, ihre Angst zu beruhigen. Keine Notoperation, während der ein gut aussehender Mann aufwachte. Keine maskierten Schläger, die sie bedrohten, weil sie es wagte, ihren Job zu machen und ein Leben zu retten. Keine Aufforderung, einen Karton auszuhändigen, um den sie nie gebeten hatte und den sie auch nicht wollte. Einen Karton, den sie eigentlich in die Tonne treten sollte.

Ein ganz normaler Tag, doch als ihre Schicht am späten Nachmittag endete und die Dämmerung einsetzte, nahm die Anspannung ihrer Nerven stetig zu. Jeff, der Wachmann am Haupteingang, lächelte, als sie sich ihm näherte. »Guten Abend, Dr. Friedman.«

»Hallo, Jeff. Ich nehme nicht an, dass ich eine Begleitung zu meinem Wagen bekommen kann?«

»Ich habe gehört, was Ihnen neulich Abend passiert ist. Verdammte Junkies.« Er schüttelte den Kopf. »Geben Sie mir nur eine Sekunde. Ich muss mich abmelden und meine Station abschließen.« Jeff saß in einer Kabine und überwachte den Fußgängerverkehr, der das Krankenhaus betrat und verließ, um sich um alle auftauchenden Probleme zu kümmern. In einem Krankenhaus konnten die Dinge innerhalb von Sekunden eskalieren, da Menschen, die Schmerzen hatten, ob körperlich oder seelisch, jederzeit ausrasten konnten.

»Das weiß ich zu schätzen«, sagte Maeve, auch wenn sie diese neue Beklemmung in ihrem Leben nicht mochte.

Brandy schien zu glauben, dass sie darüber hinwegkommen würde. *In ein paar Wochen wirst du das alles vergessen haben.*

Maeve hoffte es jedenfalls.

Während Jeff die Tür zu seiner Kabine abschloss, ging das Geschrei los. Ein Blick in den Empfangsbereich mit den blauen Schalensitzen zeigte zwei Männer, die sich gegenseitig schubsten.

»Tut mir leid, Doktor«, sagte der Wachmann. »Ich

muss mich erst darum kümmern.«

»Natürlich.« Maeve sah zu, wie er sich beeilte, um den Streit zu beenden, und zuckte zusammen, als Jeff einen Schlag gegen den Kiefer abbekam.

Der Wachmann schüttelte den Kopf und zeigte dann mit dem Finger auf die Männer. »Raus!«

»Aber –«

Jetzt fingen sie an, darüber zu streiten, dass sie – obwohl sie Schwierigkeiten gemacht und dann Jeff geschlagen hatten – keine Schuld trugen. Aus früherer Erfahrung wusste Maeve, dass das nicht so schnell gelöst werden würde. Sie musterte den Haupteingang und den Strom von Menschen, die hindurchgingen. Draußen war es noch nicht richtig dunkel und noch immer geschäftig. Sie würde schon zurechtkommen.

Schultern zurück. Tief durchatmen. Sie trat durch die Tür und marschierte schnell zum Parkplatz. Die Mitarbeiter hatten ihren eigenen gut beleuchteten, abgesperrten Bereich, und dennoch ließ sie den Blick von einer Seite zur anderen huschen. Sie war nervös und zuckte bei jeder vermeintlichen Bewegung zusammen.

Als sie sich ihrem Wagen näherte, umklammerte sie ihre Schlüssel, wobei einer zwischen ihren Fingerknöcheln herausragte, wie sie es im Selbstverteidigungskurs gelernt hatte. Sie drückte den Knopf zur Entriegelung. Die Rücklichter blinkten auf und beleuchteten eine gekrümmte Gestalt, die zwischen ihrem und dem nächsten Fahrzeug herumschlich. Die Person richtete sich auf.

Nicht schon wieder.

Sie hielt inne und hätte sich umgedreht, um wegzulaufen, aber der wartende Mann zog die Kapuze seines Pullovers zurück und offenbarte sein Gesicht. Keine Maske, also erkannte sie ihn. Als würde sie das kantige Kinn des Schussopfers vergessen, das vor Kurzem nachts einfach gegangen war.

Hätte sie die Kugeln nicht selbst herausgeholt, hätte sie nie gewusst, dass er verletzt gewesen war. Er schritt selbstbewusst in ihre Richtung. Vermutlich war er immer noch high. Niemand hatte eine so hohe Schmerztoleranz.

Und wenn er hier auf diesem Parkplatz war, konnte es nur einen Grund geben. Mehr Drogen.

Sie hob warnend eine Hand. »Bleiben Sie sofort stehen. Keinen Schritt weiter.«

Er blieb stehen. »So sieht man sich wieder, Süße.«

»Ich bin nicht Ihre Süße. Warum sind Sie hier? Was wollen Sie? Ich führe keine Drogen mit mir und kann auch keine verschreiben.«

»Meine Güte, belästigen die Leute Sie wirklich wegen so einem Scheiß?« Er klang überrascht.

»Süchtige haben keine Grenzen. Ich sollte wohl auch erwähnen, dass ich nie Bargeld bei mir habe.«

Er zog eine Grimasse. »Ich bin kein Dieb. Und auch kein Süchtiger, was das betrifft.«

»Behauptet der Mann, der mich auf dem Parkplatz belästigt.« Maeve wurde keinen einzigen Moment lang unachtsam, egal wie kohärent er wirkte.

Er zog eine Augenbraue hoch. »Das ist wohl kaum

Belästigung, wenn man bedenkt, dass wir fast zwei Meter voneinander entfernt sind.«

»Dieser Parkplatz ist nur für Angestellte. Sie sollten nicht hier sein.«

»Ich will mit Ihnen reden.«

»Und Sie dachten, es wäre eine gute Idee, mir draußen nachzustellen, anstatt ins Krankenhaus zu kommen, wo Sie nicht so bedrohlich wirken würden?«

Er verzog die Lippen. »Ich schätze, ich habe es nicht richtig durchdacht. Aber ich kann Ihnen versichern, dass ich nicht hier bin, um Ihnen etwas anzutun.«

»Warum sind Sie dann hier?«

»Aus mehreren Gründen. Zum einen ist mir klar geworden, dass ich neulich ein Arschloch war. Sie haben mich zusammengeflickt und ich habe Ihnen Schwierigkeiten gemacht. Das tut mir leid.« Die Entschuldigung kam in einem tiefen Tonfall und klang aufrichtig.

»Machen Sie sich nichts draus. Die Leute sagen viele Sachen, wenn sie Schmerzen haben.« Sie legte den Kopf schief und fragte: »Wie steht es um die Wunden?«

»Gut. Sie heilen.«

»Haben Sie auf Infektionen geachtet?«

Seine Mundwinkel zuckten. »Mir geht es gut, aber wenn Sie selbst nachsehen wollen, sagen Sie nur Bescheid, dann ziehe ich mich aus.«

Wollte er ernsthaft flirten? »Sie haben sich entschuldigt. Wenn es Ihnen nichts ausmacht, würde ich jetzt gern nach Hause fahren. Es war ein langer Tag.«

»Verstanden, aber das ist nicht der einzige Grund, warum ich mit Ihnen sprechen möchte. Ich muss wissen – sagt Ihnen der Name Theodore Russell etwas?«

Sie erstarrte. Woher kam plötzlich dieses Interesse an ihrem Vater? »Warum?« Eine ausweichende Antwort.

»Das ist eine Ja-oder-nein-Frage, Süße.«

Sie schürzte die Lippen, als sie leise sagte: »Ich kenne den Namen.«

»Hört sich nicht so an, als würden Sie den Kerl mögen.«

»Ich hasse ihn.« Eine inbrünstige Antwort.

»Das erscheint mir ein wenig hart. Theodore Russell ist Ihr Vater.« Eine Aussage, keine Frage.

»Ich habe keinen Vater.«

»In Ihrem Geburtseintrag steht etwas anderes.«

»Sie haben meine persönlichen Daten gehackt? Wie können Sie es wagen?« Dieser Übergriff schockierte sie.

»Das kann man kaum als Hacken bezeichnen. Die Information ist mir irgendwie in den Schoß gefallen und ich habe sie überprüft.«

Dieses Eingeständnis trug nicht dazu bei, sie zu beruhigen. »Wer sind Sie? Warum schnüffeln Sie in meinem Leben herum?«

»Weil Sie mit Theo Russell verwandt sind, was nur zum Teil erklärt, was die hier machen«, murmelte er.

»Wer macht hier was? Und warum interessieren sich so viele für meinen toten Vater?«

»Sie wissen also von seinem Tod. Angesichts Ihrer Abneigung ihm gegenüber gehe ich davon aus, dass Sie sich nicht nahestanden.«

»Jemandem, den ich nie kennengelernt habe, kann ich nicht nahestehen. Er hat meine Mutter sitzen lassen, als ich ein Baby war.«

»Und hat Sie nie besucht?« In seine Frage mischte sich ein überraschter Unterton.

»Nein.«

»Das ist überraschend, da er nie eine monatliche Unterhaltszahlung versäumt hat.«

Sie runzelte die Stirn. »Wie bitte? Mein Vater hat meiner Mutter nie einen Cent gegeben.« Ihre Mutter hatte ständig über den Mistkerl geschimpft, der sich vor seinen Pflichten drückte.

»Oh, er hat gezahlt, und zwar großzügig. Sein Anwalt hat alle Quittungen aufbewahrt.«

»Lügner. So etwas wäre doch vertraulich.«

»Normalerweise ja, aber diese Situation ist besonders, deshalb weiß ich, dass er Ihre Zahnspange, Ihr erstes Auto und Ihr Medizinstudium bezahlt hat.«

Sie versteifte den Rücken. »Meine Mutter hat das alles gemacht. Mein Vater war ein Versager, der uns verlassen hat und nie etwas mit mir zu tun hatte.«

»Kontoauszüge lügen nicht.« Was andeuten sollte, dass ihre Mutter gelogen hatte.

»Meine Mutter hätte es mir gesagt.« Eine schwache Erwiderung.

»Ich bin mir sicher, dass sie ihre Gründe hatte und es wahrscheinlich damit zusammenhängt, warum Ihr Vater Sie nie persönlich besucht hat. Auf der anderen Seite hat er sich nie vor seiner finanziellen Verantwortung für Sie gedrückt. Ich kann es beweisen, wenn Sie wollen.«

Sie blinzelte ihn an. »Das hat keinen Sinn, da es mir egal ist.« Sie hatte ihre Vaterkomplexe längst überwunden. Jetzt herauszufinden, dass er seinen Ballast mit Geld beworfen hatte, machte es nicht besser.

»Sie haben vorhin gesagt, dass sich die Leute in letzter Zeit für Ihren Vater interessieren, also bin ich nicht die erste Person, die Sie nach ihm fragt. Und ich werde auch nicht die letzte sein. Ihr Vater war in manchen Kreisen ein wichtiger Mann.«

»Na und?«

»Manche Leute denken, dass Sie als sein einziges Kind für sie nützlich sein könnten, jetzt, da er tot ist.«

»Sie werden enttäuscht sein, wenn sie feststellen, dass es nichts bedeutet, die Tochter von Theodore Russell zu sein.«

»Doch, wenn sie denken, dass Ihr Vater Ihnen etwas hinterlassen hat.«

Wusste er von dem Karton oder versuchte er nur, ihr etwas zu entlocken? Vielleicht war er sogar mit den Schlägern befreundet, die sie neulich Abend belästigt hatten. »Hören Sie, ich weiß nicht, in was mein toter Vater verwickelt war, aber es hat nichts mit mir zu tun. Also halten Sie mich da raus.«

»Ich fürchte, das wird nicht möglich sein, Süße.«

»Mein Name ist Dr. Friedman.«

»Ich bin Griffin. Aber Sie können mich Süßer nennen.« Er hatte seine Daumen in den Gürtelschlaufen seiner Jeans eingehakt. Ein attraktiver Kerl. Die falsche Art von Kerl. Die Art, mit der sie sich nie einließ.

»Ich werde es Ihnen nur einmal sagen – gehen Sie mir aus dem Weg.«

»Nicht bevor wir die Sache mit Ihrem Vater geklärt haben.«

»Welchen Teil von *er ist tot* und *ich will nichts damit, mit ihm oder Ihnen zu tun haben* haben Sie nicht verstanden? Haben Sie sich neulich Nacht den Kopf gestoßen?«

»Meinem Kopf geht es gut, aber Sie sollten Ihren mal schütteln. Ich bin hier, um Ihnen zu helfen.«

»Wie helfen?« Sie zog eine Augenbraue hoch. »Indem Sie mich einschüchtern?«

»Ich will Ihnen helfen, einen weiteren Angriff zu verhindern. Der Einbruch bei Ihnen war kein Zufall.«

Der Knoten in ihrem Magen zog sich zusammen. »Woher wissen Sie davon? Waren Sie daran beteiligt?«

»Natürlich nicht.« Eine heftige Verleugnung seinerseits.

»Wie soll ich das glauben, wenn Sie zugegeben haben, mir nachzuspionieren?«

»Spionieren würde ich es nicht nennen. Eher ein Auge auf Sie haben, vor allem jetzt, da ich weiß, dass Sie darin verwickelt sind.«

»Sie sind verrückt. Ich bin in nichts verwickelt. Gehen Sie weg.«

»Sie könnten in Gefahr sein. Ihr Vater hatte Feinde.«

»Die hatte er. Ich nicht.« Aber mehr denn je fragte sie sich, was der Karton enthielt. Sie hätte ihn verbrennen sollen, da er der Grund für all ihre jüngsten Probleme zu sein schien.

»Ich sehe, dass Sie noch nicht bereit sind zuzuhören. Wenn Sie es sind, kommen Sie zu mir ins Lanark Leaf.«

»Ist das nicht ein Cannabis-Laden?« Sie erinnerte sich vage an den Namen des Ladens, in den Brandy sie am Wochenende geschleppt hatte.

»Er gehört mir. Sogar eine ganze Kette davon. Mein Name ist Griffin Lanark. Sagen Sie demjenigen, der arbeitet, dass er mich holen soll.«

»Das wird nie passieren.«

»Ich hoffe für Sie, dass Sie es nicht müssen.«

»Das klingt wie eine Drohung.«

»Wenn ich wollte, dass Sie Angst haben, wüssten Sie es.« Diese Behauptung war noch unheilvoller, bevor er in den Schatten verschwand und Maeve starrend zurückließ.

Sie riss sich aus ihrer Verwirrung los, eilte zu ihrem Wagen und fuhr auf dem Weg nach Hause schneller als eigentlich erlaubt. Sie bog in die Garage, wobei ihre Routine, darauf zu warten, bis sich das Tor schloss, zwar vertraut, aber auch voller Anspannung war.

Warum sollte sie wegen eines Vaters, den sie nie

kennengelernt hatte, in Gefahr sein? Laut ihrer Mutter hatte er sie verlassen, bevor sie zwei Jahre alt geworden war. Sie hatte nie ein Foto gesehen, sondern nur die Beleidigungen gehört. Ein Arschloch, das seine Tochter im Stich gelassen hatte. Ein Versager ohne jegliches Verantwortungsbewusstsein. Ein Mann, der kein Interesse daran hatte, sein Kind kennenzulernen. Sicherlich hatte ihre Mutter nicht gelogen. Es war nicht so, als könnte sie sie fragen. Mom war vor drei Jahren bei einem Hausbrand ums Leben gekommen.

Dennoch fand Maeve sich bald im Keller wieder, wo sie nach dem Karton suchte, den sie neulich unter dem Einfluss einiger Gläser Wein versteckt hatte.

Sie fand ihn hinter den Weihnachtssachen, einen Karton wie in Anwaltskanzleien, den sie nach oben trug und auf ihren Küchentisch stellte. Ihn nüchtern zu öffnen schien eine monumental schlechte Idee zu sein, also schenkte sie sich ein Glas Merlot ein, lehnte sich gegen den Tresen und starrte auf den Karton.

Was enthielt er?

Es war egal. Sie sollte ihn verbrennen. Sie wollte nichts mit dem Mann zu tun haben, der sie im Stich gelassen hatte. Aber laut Griffin hatte Theodore Russell sie nicht völlig hilflos zurückgelassen. Sie hatte sich immer gefragt, wie ihre Mutter es geschafft hatte, einen Teil ihrer Studienkosten mit einem Gehalt abzudecken, das sie dazu gezwungen hatte, an allen Ecken und Enden zu sparen.

Sie trank den Wein aus, schenkte ein weiteres Glas

ein und öffnete den Karton. Obenauf lag ein gefaltetes Blatt liniertes Papier.

Schluck. Sie brauchte noch ein halbes Glas Merlot, bevor sie es mit ihren zitternden Händen öffnen konnte.

Es war ein handgeschriebener Brief.

An Maeve, meine Tochter.

Sie legte den Brief beiseite und trank noch mehr Wein. Sie sollte ihn nicht lesen. Warum auch? Es würde nichts nützen. Sie schenkte ein weiteres Glas ein, nahm einen Schluck und hob den Brief auf.

An Maeve, meine Tochter.

Ich weiß, dass du mich wahrscheinlich hasst, und das aus gutem Grund. Es geht mir nicht darum, dich um Verzeihung zu bitten, obwohl es mir leidtut, dass ich gegangen bin und wir uns nie kennengelernt haben. Ich wollte dich beschützen und wusste nur einen Weg, wie. Indem ich wegbleibe. Aber wenn du das hier liest, dann bin ich tot. Und du sollst wissen, dass ich mir wünschte, ich hätte mehr haben können als die Bilder, die deine Mutter mir von deinen Fortschritten geschickt hat. Ich wünschte, ich hätte dir sagen können, wie stolz ich auf deine Noten in der Schule war. Wie sehr ich die Frau bewundere, die du geworden bist. In diesem Karton befindet sich das einzige Erbe, das ich hinterlassen habe. Es wurde über viele Generationen in meiner Familie weitergegeben. Jetzt wird es an dich weitergegeben, wo es endlich enden wird. Ich weiß, dass das keinen Sinn ergibt und dass du den Inhalt dieses Kartons wahrscheinlich verbrennen wirst. Vermutlich ist das auch besser so. Manche Geheimnisse bleiben am besten unentdeckt. Aber was ich jetzt nicht verbergen werde, sind mein Bedauern und meine Liebe zu meinem einzigen Kind. Sei glücklich, Maeve.

In Liebe, dein Vater.

Tränen liefen ihr über die Wangen. Eine Überraschung, da sie keine emotionale Verbindung zu der Person hatte, die den Brief geschrieben hatte. Dennoch hatte er sich mit wenigen Zeilen entschuldigt und den Eindruck erweckt, als hätte er keine andere Wahl gehabt und als wäre es das Beste gewesen, sie zu verlassen.

Plötzlich fragte sie sich, ob ihr Vater ein Krimineller gewesen war. Alles, was sie bisher gehört und erfahren hatte, deutete darauf hin, dass er ein harter Typ gewesen war. Vielleicht sogar ein Mafiaboss.

Sie musterte den Karton. Sie sollte ihn zerstören. Sollte sie zuerst hineinschauen? Wollte sie wissen, was er enthielt?

Die Schläger auf dem Parkplatz wollten ihn haben. Griffin hatte angedeutet, dass der Einbruch wegen ihres verstorbenen Vaters erfolgt war, was wahrscheinlich bedeutete, dass sie auch den Karton wollten. Es könnten sogar dieselben Verbrecher gewesen sein.

Aber warum jetzt? Und warum sollte ihr Vater sie plötzlich mit hineinziehen?

Sie legte den Brief beiseite und schaute in den Karton, wo sie einen Stapel Bilder fand, von denen sie einige nur allzu gut kannte, da es Fotos von ihr waren, die jedes Jahr in der Schule gemacht worden waren, aber sie erkannte auch andere. Bilder von ihrem Geburtstag, auf denen sie die Kerzen ausblies. Ihr Abschlussball. Tiefer im Inneren stieß sie auf ältere, vergilbte Bilder, auf denen Fremde abgebildet waren. Eines dieser unbekannten Gesichter stach ihr ins Auge – ein großer Mann mit dunklem Haar und kantigem Gesicht, der auf den meisten Fotos zu sehen war. Ein Bild dieses Mannes, wie er einen Arm um eine junge Version ihrer Mutter gelegt hatte, die ein winziges Bündel hielt, bestätigte es jedoch.

Maeve starrte ihren Vater an. Endlich konnte sie dem Namen ein Gesicht zuordnen.

Bevor sie sichs versah, durchwühlte sie den Rest des Kartons, der bis auf den dicken Stapel Fotos jedoch nicht viel enthielt – eine rosa Decke, in eine Plastiktüte eingeschweißt, die vermutlich ihr gehört hatte, eine Taschenbuchversion von Stephen Kings *The Stand – Das letzte Gefecht* mit Eselsohren und einen Ordner, der in mehrere Schichten Luftpolsterfolie eingewickelt war. Darin befanden sich Plastikhüllen mit vergilbtem Papier, das zum Teil bereits ziemlich alt und dessen Tinte an einigen Stellen verblasst war. In dem Versuch, es zu lesen, kniff sie die Augen zusammen, aber die Wörter schienen weder Englisch noch Französisch zu sein, die beiden einzigen Sprachen, die sie wirklich erkannte. Wenn sie raten müsste, hatte ihr Vater ihr ein paar alte Familienrezepte hinterlassen. Er hätte sich nicht die Mühe machen sollen. Sie kochte nicht.

Darauf hatten die Schläger es also abgesehen? Hier gab es nichts von Wert. Nur sentimentalen Schrott.

Sie ließ den Inhalt auf dem Tisch verstreut liegen und ging mit der Flasche Wein ins Bett. Die Tür geschlossen. Den Aluminiumschläger neben ihr auf der Matratze.

Bereit für Ärger.

KAPITEL ACHT

FÜR DEN FALL, DASS ES ÄRGER GAB, VERBRACHTE GRIFFIN die Nacht auf dem Dach der Ärztin und hielt Wache, obwohl er wusste, dass sie ausflippen würde, wenn sie herausfände, dass er dort war.

Was für ein Jammer. Wie sich herausstellte, war der Einbruch neulich Nacht kein Zufall gewesen.

Früher an diesem Tag hatte er einen Anruf erhalten. Normalerweise ignorierte Griffin Anrufe von unbekannten Nummern, aber da er gereizt und bereit war, einen Gauner fertigzumachen, ging er ran.

»*Okay, Arschloch, was ist es heute für eine Masche? Kommst du, um mich wegen unbezahlter Steuern zu verhaften? Habe ich eine Reise gewonnen?*«

Eine schnaufende, gehetzte Stimme sagte: »*Ist da Griffin Lanark, Alpha des Byward-Rudels?*«

Die namentliche Erwähnung seiner Bande machte ihn sofort misstrauisch. »*Wer will das wissen?*«

»*Mein Name ist Dwayne Roberts. Ich bin der Anwalt von Theo Russell.*«

Russell war der Alpha des GoldenPaw-Rudels in Toronto. »*Womit kann ich Ihnen helfen?*«

»*Theo Russell ist tot. Sein Neffe hat ihn getötet.*« Eine unverblümte Aussage.

Da er die Gerüchte bereits von Freunden aus Toronto gehört hatte, überraschte diese Information Griffin nicht völlig. Offenbar hatte Theos Neffe Antonio ihn herausgefordert, und viele beschuldigten den jüngeren Mann, Theo betrogen und in einem unfairen Kampf getötet zu haben.

Offenbar hatte niemand den Kampf zwischen Onkel und Neffe beobachtet. Das Rudel hatte nur Antonios Behauptung, dass er den größeren, listigeren Wolf festgenagelt hatte – der Tod war für den Sieg nicht erforderlich, sondern nur ein Festhalten am Hals des Gegners, bis dieser aufgab. Laut Antonio konnte der besiegte Theo die Schande nicht ertragen und hatte sich in den Ontariosee gestürzt. Seine Leiche war noch nicht aufgetaucht, und nicht wenige im GoldenPaw-Rudel nannten Antonio einen Lügner und weigerten sich, ihn als neuen Rudelführer anzuerkennen.

Das sehr große und mächtige GoldenPaw-Rudel befand sich in Aufruhr. Wer würde nun übernehmen, da sie Antonios Griff nach der Macht ablehnten? Würden ihre Probleme auf Griffins Rudel übergreifen und es in Mitleidenschaft ziehen? Alles gute Fragen, die nicht erklärten, warum Theos Anwalt anrief.

Am anderen Ende der Leitung schlug eine Tür zu und

er hörte das Klingeln eines Fahrstuhls. »Warum rufen Sie an, um mir das zu sagen?«, fragte Griffin.

»Weil jemand in Ihrem Rudel an Maeve Friedman interessiert ist.«

Die Erwähnung ihres Namens ließ ihn die Augenbrauen hochziehen. »Was hat sie denn mit all dem zu tun?«

»Sie ist die Tochter von Theo Russell.«

Er stieß einen leisen Pfiff aus. »Na, verdammt. Das hätte ich nicht gedacht, obwohl ich mir nicht sicher bin, warum das ein Problem sein sollte.«

»Weil Antonio trotz aller Vorsichtsmaßnahmen, die wir getroffen haben, von ihr erfahren hat.«

»Ich verstehe das Problem nicht. Sie ist eine Frau. Sie kann das Rudel nicht erben, oder liegt das daran, dass Russell seinem Neffen nichts in seinem Testament hinterlassen hat?«

»Es ist eher so, dass sie etwas bekommen hat, was sie nicht hätte bekommen sollen, und Antonio wird vor nichts zurückschrecken, um es in die Finger zu kriegen.« Schritte hallten auf dem Beton wider.

»Sind Sie im Untergrund?«, fragte er.

»Auf dem Parkplatz. Ich verlasse die Stadt, bevor seine Schläger zurückkommen, um ihre Arbeit zu Ende zu bringen.«

»Wollen Sie damit sagen, dass Antonio Sie angegriffen hat?«

»Nicht direkt. Der Pisser ist viel zu feige, deshalb glaubt ihm auch niemand das mit Theo. Er spielt schmutzig. Er hält sich nicht an die alten Sitten.« Was bedeutete, er kämpfte nicht mit Klauen und Zähnen, sondern mit modernen Waffen.

»Wird er Maeve wehtun?«

»Ich denke, er wird jedem wehtun, der sich ihm in den Weg stellt, da er die GoldenPaws nicht dazu gebracht hat, sich ihm zu unterwerfen.«

»Glauben Sie, er ist in Ottawa?«

»Ja. Ich habe es aus einer nahestehenden Quelle erfahren. Seine Freundin ist stinksauer auf ihn und behauptet, er wolle sich woanders in einen Alpha-Posten drängeln.«

»Und er dachte, er hätte hier mehr Glück?«, prustete Griffin.

»Es gibt Gerüchte, dass Sie neulich angeschossen wurden. Betrachten Sie das als einen Hinweis, wer es getan haben könnte. Aber das ist nicht der eigentliche Grund, warum ich anrufe. Ich habe gegen Theos Willen gehandelt, als er starb. Ich habe seine Tochter mit einbezogen.«

Piep-piep. Das Geräusch eines entriegelnden Fahrzeugs und ein Piepsen zeigten an, dass der Anwalt in seinem Fahrzeug saß.

»Wie viel weiß sie über ihren Vater? Über uns? Haben Sie sie gewarnt, dass sie in Gefahr sein könnte?«

»Sie weiß nichts. Was gefährlich ist, da ich dem Karton, den ich ihr geschickt habe, etwas hinzugefügt habe. Ich konnte ihn einfach nicht so zerstören, wie Theo es wollte.«

»Was zerstören?«

Bevor der Anwalt antworten konnte, sagte eine nasale Stimme im Hintergrund: »Danke für die Bestätigung, dass sie ihn hat, alter Mann.«

Griffin hörte ein knallendes Geräusch, dann ein weiteres, gefolgt von einem dumpfen Schlag. Die Leitung blieb still, bis eine andere Stimme schrie: »Jemand muss einen Krankenwagen rufen. Er wurde angeschossen!«

Griffin hatte aufgelegt, alles genommen, was er gerade erfahren hatte, und es seinem Hacker Dorian zukommen lassen. Er hatte auch Wendell hinzugezogen, um die finanziellen Folgen für das GoldenPaw-Rudel und Maeve zu prüfen.

Innerhalb weniger Stunden hatten sie die Geschichte des Anwalts bestätigt, zumindest die Teile, bei denen dies möglich war.

Theo Russell war gestorben und sein Neffe hatte die Leitung übernommen, aber das Rudel wies seinen Anspruch zurück. Der Kerl weigerte sich, stillschweigend zu gehen. Ihr Verbündeter im anderen Rudel erzählte von Drohungen und Einschüchterungen. Nicht nur der Anwalt, der Griffin angerufen hatte, war tot aufgefunden worden, sondern auch seine Sekretärin.

Was niemand im GoldenPaw-Rudel zu wissen schien? Theo Russell hatte eine Tochter. Wendell zufolge hatte Daddy Russell sie als Kind und Studentin finanziell unterstützt, es aber geheim gehalten. So geheim, dass das Geld aus seinem Nachlass in einen Treuhandfonds für das GoldenPaw-Rudel fließen sollte, als die Behörden Theo Russell schließlich für tot erklärten. Seine Tochter wurde in seinem Testament nicht erwähnt. Doch Dwayne, der Anwalt, hatte angedeutet, dass er ihr etwas geschickt hatte. Etwas, das sie jetzt in Gefahr brachte.

Da Maeve nicht zum Rudel gehörte, wäre das normalerweise nicht Griffins Problem gewesen. Allerdings hatte Billy mit seinen Kontakten bei der Polizei sie darüber informiert, dass der Typ, der aus seinem Kofferraum gesprungen war, identifiziert worden war. Er gehörte zum GoldenPaw-Rudel und war bekannt dafür, zu Antonios engstem Kreis gehört zu haben. Das änderte alles.

Griffins Stadt wurde angegriffen. Sein Rudel wurde bedroht. Und was tat er? Er babysittete eine Frau, die nichts mit ihm zu tun haben wollte.

Er hätte sich selbst für verrückt erklärt, wenn nicht ein Wagen am Randstein vorgefahren wäre und Ärger mit sich gebracht hätte.

KAPITEL NEUN

Maeve wachte auf und es dauerte einen Moment, bis sie begriff warum. Der Melder ihres Sicherheitssystems, der auf ihrem Nachttisch stand, leuchtete in bunten Farben und war für die Nacht auf stumm geschaltet, verfolgte aber dennoch draußen jegliche Bewegungen. Sie setzte sich auf, griff nach ihrem Handy und stellte eine Verbindung zu dem Online-Video her, das von der Türklingelkamera aufgezeichnet wurde.

Trotz der grießigen Nachtaufnahme konnte sie vier Leute vor ihrem Haus sehen. Eine große Person schien drei anderen gegenüberzustehen.

Als sie den Ton einschaltete, versuchte sie zu hören, was sie sagten, konnte aber kein Wort verstehen – bis die Lautstärke des Streits zunahm.

»Du hättest sterben sollen, du Wichser.« Einer der Männer auf dem Bürgersteig hob plötzlich eine Pistole.

Sie hielt sich die Hand vor den Mund und schnappte nach Luft, als der große Kerl sich bewegte und mit einem Fuß die Waffe aus der Hand des anderen Mannes kickte. Er drehte sich weiter, ging dabei gleichzeitig tief, hakte die Beine eines anderen Kerls ein und warf ihn auf den Hintern. Der dritte wollte angreifen, doch seine Faust wurde geblockt, was ihn verwundbar für einen Schlag gegen den Kiefer machte.

Die ersten beiden traten wieder vor, während der dritte Typ sich erholte. Der Kerl, der ihnen gegenüberstand, wich nicht zurück. Er bewegte sich blitzschnell, holte immer wieder aus, tanzte förmlich auf seinen Füßen und seine Bewegungen waren flüssig, anmutig und effektiv.

Ein Mann gegen drei. Ein Mann, den sie kannte. Und als es vorbei war, war er der Einzige, der noch stand, die Arme vor der Brust verschränkt.

Er knurrte laut: »Verpisst euch aus meiner Stadt, denn wenn ich euch noch einmal sehe, seid ihr tot.«

Die verprügelten Schläger kletterten in ein Fahrzeug und rasten davon. Zurück blieb der große Mann, der einen Blick auf ihr Haus warf, als würde er direkt in die Kamera schauen.

Als wüsste Griffin, dass sie ihn beobachtete.

»Geh wieder ins Bett, Süße«, sagte er. »Ich passe auf dich auf.«

Das Klügste wäre gewesen, die Polizei zu rufen. Ungeachtet der Tatsache, dass er möglicherweise einen weiteren Einbruch verhindert hatte, schien er sie immer noch zu verfolgen.

Sie steckte das Handy zwar in die Tasche ihres Bademantels, wählte aber nicht. Maeve trug ihre Kämpfe gern allein aus und hatte keine Angst vor Griffin. Vermutlich nicht der klügste Zug ihrerseits, angesichts seiner wilden Effizienz und Furchtlosigkeit gegenüber drei bewaffneten Männern, aber sie war sich sicher, dass er ihr nichts antun würde.

Voller Adrenalin marschierte Maeve die Treppe hinunter und riss die Tür auf, um den Fußweg leer vorzufinden. Wo war er hin?

Sie trat nach draußen, schaute nach links und rechts und murmelte: »Unheimlich.«

Als sie sich umdrehte, um wieder hineinzugehen, ertönte eine tiefe Stimme: »Suchst du nach mir?«

Sie fiel fast um, als sie herumwirbelte und Griffin gegenüberstand. »Du!« Sie stieß einen Finger in seine Richtung. »Du solltest nicht hier sein.«

»Endlich sind wir vom Sie weg. Solltest du dich nicht dafür bedanken, dass ich deine nächtlichen Besucher verscheucht habe?«

»Woher soll ich wissen, dass sie hier waren, um mich zu stören? Was, wenn sie dir gefolgt sind?«

»Niemand wusste, dass ich hier bin.«

»Warum bist du hier? Ich habe dir gesagt, dass ich nichts mit dir zu tun haben will.«

»Und ich habe dir gesagt, dass ich dich beschützen werde. Übrigens, gern geschehen.«

Sie marschierte auf ihn zu und musste ihren Kopf

nach hinten neigen, um seinem Blick standzuhalten. »Das ist nicht lustig«, zischte sie. »Such dir einen anderen Ort für deine Macho-Spielchen. Ich bin Ärztin. Ich brauche meinen Schlaf.«

»Ich halte dich nicht auf, Süße. Geh zurück ins Bett. Ich werde dafür sorgen, dass dich niemand stört.«

»Wie soll ich schlafen, wenn ich weiß, dass du draußen herumschleichst?«, rief sie, wobei sie die Hände in die Luft warf.

»Ich schätze, der Gedanke an mich ist tatsächlich ablenkend. Würdest du es vorziehen, wenn ich mich dir anschließe? Ich bin ein hervorragender Kuschler. Aber ich muss dich warnen – ich bin heiß.«

Ihr Mund wurde rund, bevor sie »Perverser!« stammeln konnte.

»Tut mir leid, wenn ich dich enttäuschen muss, aber ich stehe nicht auf den perversen Mist. Ich mag meine Liebe auf die altmodische Art. Aber bevor du denkst, dass ich im Bett egoistisch bin, sollte ich hinzufügen, dass es mir vor allem ums Geben geht.«

Das hätte in ihr keine Welle der Wärme auslösen sollen. Sie hob ihr Kinn an. »Kein Interesse. Und jetzt verschwinde, bevor ich die Polizei rufe und dich anzeige.«

»Mich anzeigen? Weswegen? Wegen eines schönen Spaziergangs, den du zufällig unterbrochen hast?«

»Ha! Ich kann beweisen, dass du lügst. Ich habe Videomaterial von dem, was gerade passiert ist.«

»Hast du das?«, spottete er.

»Du bist wirklich unmöglich.« Sie drehte sich um, um wegzugehen, aber er stellte sich vor sie.

»Ich will dich nicht frustrieren.«

»Bist du sicher? Du leistest nämlich hervorragende Arbeit«, grummelte Maeve.

»Das wird nicht mehr lange so bleiben. Du bist ungewollt in etwas hineingeraten, in das du nicht hättest hineingeraten sollen.«

»Deinetwegen?«

»Wegen deines Vaters.«

Eine Antwort, die sie nur eine Sekunde lang erstarren ließ. »Das ist witzig, da du ihn besser zu kennen scheinst als ich.«

»Ich würde nicht sagen, dass ich ihn kenne, aber wir haben uns ein paarmal getroffen.«

»Mafiabosse, die sich treffen. Wie schön.« Eine sarkastische Erwiderung.

Seine Lippen zuckten. »Eine interessante Sichtweise. Sie ist zwar nicht ganz richtig, aber auch nicht völlig abwegig.«

»Da tust du es schon wieder. Du gibst etwas zu, ohne etwas zu sagen. Was verschweigst du mir?«

»Darf ein Mann nicht auch ein paar Geheimnisse haben?« Ein Lächeln umspielte seine Mundwinkel und sie kämpfte gegen seinen Charme an.

»Nicht, wenn sie andere Menschen betreffen.«

»Betreffen nicht alle Geheimnisse auch andere? Deshalb müssen sie unerzählt bleiben.«

»Nette Rechtfertigung. Funktioniert diese Lüge auch bei deiner Frau?«

»Ist das deine Art zu fragen, ob ich Single bin? Das bin ich nämlich. Ich war nie verheiratet. Nicht einmal verlobt. Aber sei dir gewiss, ich bin ein Mann mit Erfahrung.« Er säuselte die Worte, als er näher kam.

Sie kribbelte. Völlig falsche Reaktion. Sie schob es auf den Schlafmangel und das Aufwachen mitten in der Nacht.

Sie unterdrückte das Gefühl, indem sie sich an seine Worte klammerte. »Du gibst also zu, dass du ein Frauenheld bist?«

Sein Lächeln wurde intensiver. »Schuldig im Sinne der Anklage.«

»Ich werde nicht mit dir schlafen.«

Er hielt sich im Türrahmen fest, woraufhin sie sich seiner Größe umso bewusster wurde. Sie war nicht wirklich gefangen, aber ihr stockte der Atem, als er erwiderte: »Wer sagt denn, dass wir schlafen würden?«

»Schlägst du mir ernsthaft Sex vor?«

»Ja.«

Anstatt ihn zu ohrfeigen und ihm die Tür vor der Nase zuzuschlagen, spürte sie, wie sich ihr Kribbeln in vollwertiges Verlangen verwandelte. Schuld daran war die Tatsache, dass sie seit Jahren nicht mehr flachgelegt worden war. Warum musste ihr plötzliches sexuelles Erwachen ausgerechnet für ihn sein? »Du bist nicht mein Typ.«

»Gott sei Dank. Lieber sterbe ich, als mich in einen Yuppie-Typen im Anzug zu verwandeln.«

»Ich finde einen Mann im Anzug sehr sexy.« Obwohl sie lügen würde, wenn sie Griffins Anziehungskraft in seinen schmalen Jeans, dem eng anliegenden T-Shirt und der offenen Jeansjacke leugnete.

»Ich sehe am besten aus, wenn ich gar nichts trage.« Er zwinkerte ihr zu, und wieder stockte ihr der Atem.

Sie sollte nicht mit ihrem Stalker flirten. Sie sollte ihn sich auch nicht nackt vorstellen. Würde er verschwinden, wenn sie mit ihm schlief? Oder würde das den Wahnsinn nur noch verstärken?

»Was willst du von mir?«, fragte sie und sah ihm ins Gesicht.

Er begegnete ihrem Blick und hielt ihn, während er leise murmelte: »Ich will hören, wie du meinen Namen schreist, während ich dich ficke.«

Schmetterlinge kribbelten in ihrem Bauch. Sie wollte, was er ihr anbot.

Wollte.

Ihn.

Sie sollte gehen. Schließlich war sie nicht der Typ für Gelegenheitssex. Oder Affären. Sie war fast vierzig und hatte noch nie alle Vorsicht über Bord geworfen.

Warum also packte sie ihn am Hemd und zog ihn so weit herunter, dass sie ihren Mund auf den seinen pressen konnte? Eine unbeholfene Umarmung, bei der ihre Zähne aufeinanderprallten. Sie erwartete fast, dass er sie wegstoßen würde, weil sie so aggressiv war.

Stattdessen explodierte die Leidenschaft. Sein Mund, der hart auf ihrem lag, übernahm sofort die Kontrolle, liebkoste und brachte ihre Lippen dazu, sich zu öffnen. Er kostete und umarmte sie und entzündete alle ihre Sinne.

Er legte einen Arm um ihre Taille und trug sie, die Lippen noch immer aufeinandergepresst, ins Haus, wobei er die Tür hinter sich zutrat. Der daraus resultierende Knall reichte beinahe aus, um die Trance der Erregung zu brechen.

Aber dann umfasste er ihren Hintern, während seine Zunge weiter vorstieß, und noch nie in ihrem Leben hatte sie sich so sehr nach etwas gesehnt. Warum nicht eine Affäre haben? Eine Nacht des Sex. Das musste nichts bedeuten. Er hatte zugegeben, ein Frauenheld zu sein. Wahrscheinlich würde er sie danach in Ruhe lassen.

Ihr Bademantel ließ sich mühelos öffnen, und dann waren seine Hände und sein Mund auf ihr. Mit den Lippen zog er an ihren Brustwarzen, reizte sie und ließ sie zu harten Spitzen werden, an denen er saugte. Er knetete ihr Fleisch. Und als eine Hand zwischen ihre Schenkel glitt, um sie zu reiben, drückte sie ihre Hüfte nach vorn.

Mit dem Rücken an die Wand gepresst ließ er sich auf die Knie sinken und legte eines ihrer Beine über seine Schulter. Dann leckte er sie, ließ seine Zunge eintauchen, spreizte ihre Schamlippen, reizte und umspielte ihre Klitoris. Er liebkoste, saugte und stieß mit den Fingern zu, bis sie aufschrie und kam, wobei sie ihre Finger in seine Schultern grub. Aber er war noch nicht fertig. Er reizte sie weiter, bis sie spürte, wie sie sich wieder zusammenzog.

Das war der Moment, in dem er aufstand und seinen Gürtel öffnete. Mit halb geschlossenen Augen beobachtete sie ihn und griff nach dem Schwanz, der befreit wurde.

»Kondom?«, fragte sie.

»Genau hier, Süße.« Er zog ein Folienpäckchen aus seiner Gesäßtasche, das sie ihm abnahm, bevor sie ihm den Inhalt über die Erektion rollte. Sie streichelte ihn, groß, hart und lang. Sie wollte ihn in sich haben.

Sie zog ihn zu sich heran und neigte ihre Lippen zu einem Kuss, während sie ihn rieb. Er stöhnte in ihren Mund und griff nach ihrem Oberschenkel, um ihn um seine Hüfte zu legen. Er hatte den Größenvorteil und hob sie mit seiner Kraft mühelos an. Sie führte die dicke Spitze seines Schwanzes dorthin, wo sie ihn haben wollte, und seufzte, als er in sie stieß.

Er füllte sie aus. Dehnte sie. Mit ihren Beinen, die um ihn geschlungen waren, und seinen Fingern, die sich in ihre Pobacken gruben, nahm sie alles von ihm auf. Jeden harten Zentimeter.

Sie hatte vielleicht noch nie Sex im Stehen gehabt, aber sie hatte keine Probleme, seinem Rhythmus zu folgen. Und als sie den Kopf zurückfallen ließ, während die Leidenschaft ihr die Fähigkeit nahm, sich weiter an ihm zu reiben, ließ er sie weiter hüpfen und drang genau richtig in sie ein. Tief genug. Hart genug.

Sie kam, wobei sie zischend »Ja, ja, ja!« rief und ihre Nägel in sein Fleisch grub.

Er stöhnte und erstarrte, den Körper gekrümmt, als er seine eigene Erlösung fand. Das Pulsieren seines Schaftes verlängerte nur ihren eigenen Orgasmus.

Als sie sich wieder entspannte, hatte er sie ins Wohnzimmer getragen und sich mit ihr auf das Sofa gesetzt. Er hielt sie in seinem Schoß, den Schwanz in ihr vergraben, und küsste sie weiter.

Sicherlich hatte sie genug gehabt?

Der nächste Höhepunkt bewies ihr das Gegenteil.

Sie schlief an seine Brust gekuschelt ein.

Als ihr Wecker klingelte, fand sie sich in einem Kokon aus Armen und Beinen wieder.

Es war wirklich passiert.

Sie befreite sich unter einem tiefen männlichen Knurren des Protests aus dem warmen Nest. Sie ignorierte es, schlug auf den Wecker und ging zur Dusche. Während sie an dem klebrigen Gefühl zwischen ihren Beinen schrubbte, schalt sie sich innerlich für ihre Dummheit. Er hatte ein Kondom benutzt, aber das war kein hundertprozentiger Schutz. Sie hatte mit einem Fremden geschlafen, der zugegeben hatte, eine Hure zu sein. Sie würde die ganze Reihe an Tests an sich machen müssen.

Aber das war die geringste ihrer Sorgen. Irgendwann würde sie dieses Bad verlassen müssen und sich –

Griffin betrat die Dusche, eine große, nackte

Erscheinung. Jeglicher Protest erstarb, als er auf die Knie ging und ohne Worte »Guten Morgen« sagte.

Sie dankte der kalten Fliesenwand, dass sie sie aufrecht hielt, denn ihre Finger hatten keinen Halt auf seiner nassen Haut, als sie an seiner Zunge kam. Dann noch einmal an seinem Schwanz.

Als er grummelte: »Gib mir die Seife«, reichte sie sie ihm und floh mit einem gequietschten: »Ich komme zu spät zur Arbeit.«

Sie zog einen sauberen Kittel an und stürmte die Treppe hinunter, wobei sie ihr feuchtes Haar zu einem Dutt drehte. Als sie für einen Kaffee in die Küche ging, bemerkte sie, dass der Inhalt des Kartons ihres Vaters noch immer auf dem Tisch verstreut war. Sie räumte alles wieder ein und brachte es dann in die Garage, um es in ihren Kofferraum zu packen. Auf der Arbeit würde sie alles in der Recyclingtonne entsorgen.

Griffin kam in die Küche, als sie gerade Zucker und Milch in ihren Thermobecher goss.

»Guten Morgen, Süße.« Er wirkte völlig entspannt und trug nur ein Handtuch um die Hüften. Es lenkte ihre Aufmerksamkeit auf das V. Seine Bauchmuskeln. Seine –

»Was ist mit den Schusswunden passiert?« Endlich konnte sie einen richtigen Blick auf seinen Oberkörper werfen und bemerkte nur rote Striemen, wo eigentlich Schürfwunden hätten sein sollen.

»Ich sagte doch, ich heile schnell.«

»Das ist mehr als schnell.« Sie näherte sich ihm,

bereit, ihn zu berühren, aber er schnappte sich ihre Hand und küsste die Handfläche.

»Lass mich dir ein ordentliches Frühstück machen.«

»Ich habe keine Zeit. Ich werde zu spät kommen.«

»Melde dich krank.« Er umfasste ihren Hintern und zog sie an sich. An seine Erektion.

Er wollte sie erneut. Aus irgendeinem Grund ließ es sie bei Tageslicht rot werden. Sie stieß ihn von sich und murmelte: »Ich muss los.«

»Dein Pech, Süße«, waren seine Abschiedsworte.

Das Letzte, was sie sah, als sie rückwärts auf die Straße fuhr, war der Mann, der ihre Welt auf den Kopf gestellt hatte. Er stand auf ihrer Veranda, noch immer nur mit einem Handtuch bekleidet, trank Kaffee aus einer Tasse und stellte ein selbstgefälliges Grinsen zur Schau.

Ein Mann, den sie kaum kannte, in ihrem Haus. Völlig verrückt. Was sagte es über sie aus, dass sie daran dachte, umzudrehen und sich krankzumelden? Offenbar verstand sie nicht, wie dieses One-Night-Stand-Ding funktionierte.

KAPITEL ZEHN

Griffins Grinsen verblasste, als Maeve losfuhr. Der Drang, ihr zu folgen, brachte seinen Magen dazu, sich zusammenzuziehen. Sie würde schon klarkommen – diese Lüge redete er sich ein. Die Konfrontation vergangene Nacht hatte gezeigt, in welcher Gefahr sie steckte. Zwar hatte Griffin die Schläger abgewehrt, aber das bedeutete nicht, dass sie seine Warnung beherzigen würden. Höchstwahrscheinlich würden sie zurückkommen, da sie etwas von seiner Süßen wollten.

Ja, *seiner*. Er hatte sie einmal gekostet, und plötzlich stand seine Welt Kopf. Er war verdammt noch mal verliebt. Und Liebe war für einen Lykaner nicht nur ein Gefühl, sondern eine chemische Reaktion. Es würde keine andere Frau für ihn geben. Was bedeutete, dass er sie besser beschützte.

Als sie von der Straße abbog, betrat er wieder ihr

Haus und machte sich auf die Suche nach seiner Kleidung. Ihre Leidenschaft war buchstäblich explodiert. In der einen Minute stritten sie sich noch, in der nächsten hatte sie ihn geküsst, und ihr Geschmack war die Ambrosia gewesen, nach der er sein ganzes Leben lang gesucht hatte.

Er musste sie beschützen. Das begann mit einem Rundgang durch ihr Haus, bei dem er nach Schwachstellen bei den Sicherheitsvorkehrungen suchte. Es gab zu viele Fenster, und die oberen waren ungesichert, wie er genau wusste. Eine Haustür und eine Schiebetür in den Garten sowie eine Garage mit Zugang zur Küche. Es würde ein paar Tage dauern, um eine richtige Alarmanlage zu installieren. Sofern sie einverstanden war.

Eine Nacht des hervorragenden Sex hatte sie nicht völlig erweicht. Sie war in der Dusche für ihn geschmolzen, aber dann weggelaufen, als sich ihr die Möglichkeit bot. Erwartete sie, dass er den Tag in ihrem Haus verbringen würde? Wollte sie, dass er weg war, bevor sie Feierabend hatte? Sie hatten über nichts gesprochen.

Grrr. Die Liebe hatte ihn bereits ruiniert.

Vielleicht sollte er etwas weniger begierig sein und sie heute Nacht alleine schlafen lassen. Aber wer würde dann auf sie aufpassen?

Als er ihr Haus durch die Garage verließ, die ohne Code geschlossen werden konnte, warf er einen Blick nach links auf das Schild »Zu verkaufen« auf dem

Grundstück zwei Häuser weiter. Mit ein wenig Arbeit wäre es eine gute Investition für die Gegend und eine gute Basis, um auf Maeve aufzupassen, denn er war noch lange nicht bereit, dass sie bei ihm einzog. Es ging um mehr als nur die Tatsache, dass sie sich kaum kannten. Es würde ihm schwerfallen, die brillante, intelligente und aufmerksame Maeve zu täuschen. Irgendwie würde er dafür sorgen müssen, dass sie das Geheimnis der Lykaner nicht entdeckte.

Auch wenn manche Lykaner ihren Lebensgefährten erlaubten, es zu wissen, zogen viele es vor, es niemandem zu erzählen, der nicht zum Rudel gehörte, denn das Wissen konnte zu Problemen führen, die nur durch äußerst unangenehme Maßnahmen zu kontrollieren waren. Mehr als nur eine verärgerte Ex-Freundin hatte versucht, ihren ehemaligen Partner zu verraten. Gut, dass niemand auf Süchtige hörte – die schnellste Lösung, um jemanden zu diskreditieren. Wenn nötig, wurden dauerhaftere Maßnahmen ergriffen.

Zum Glück hatte Griffin nur einmal damit zu tun gehabt, seit er Alpha des Byward-Rudels geworden war.

Wie würde Maeve reagieren, wenn sie seine Wolfsseite entdeckte? Er hoffte, es nie herauszufinden. Griffins eigener Vater war nie mehr derselbe gewesen, nachdem sie Mom verloren hatten. Sechs Monate lang hatten sie versucht, sie zu retten. Sechs Monate lang hatte sie jedes Mal »Monster!« geschrien, wenn ihr Mann, mit dem sie siebzehn Jahre verheiratet gewesen war, den Raum betreten hatte. Sechs Monate hatte sie Griffin mit Entsetzen angestarrt, obwohl er sich noch nicht verwandelt hatte. Seine eigene Mutter war von seiner Existenz angewidert gewesen. Während die Polizei ihren Tod als Unfall aufgrund von Alkohol am Steuer bezeichnet hatte, wusste Griffin es besser. Es war seine Schuld. Das erklärte wahrscheinlich, warum es in den meisten seiner Beziehungen nur um Sex ging und nicht um viel mehr.

Aber mit Maeve fühlte sich alles anders an. Die sofortige Verbindung mit ihr. Das Bedürfnis, sie zu sehen, mit ihr zusammen zu sein. Jetzt, da sie Sex gehabt hatten, war es noch schlimmer.

Sie war seit zwanzig Minuten weg. Hatte sie es sicher zur Arbeit geschafft? Obwohl er zügig zum Laden ging, holte er sein Handy heraus und rief sie an.

Sie nahm ab: »Woher hast du diese Nummer?«

»Hey, Süße. Ich wollte nur fragen, was du zum Abendessen möchtest.« Er spielte den Lässigen, da er nicht zugeben wollte, dass er sich hatte vergewissern müssen. Im Hintergrund war zu hören, wie über die Sprechanlage nach einem Arzt gerufen wurde. Sie hatte es zur Arbeit geschafft.

»Ich weiß nicht, wann ich fertig bin.«

Nicht ganz eine Zurückweisung, aber ein leichter Schubs zur Seite.

Er lächelte. Er hatte gewusst, dass sie es ihm nicht leicht machen würde. »Dann werde ich dafür sorgen, dass es etwas gibt, das sich leicht aufwärmen lässt. Irgendwelche Allergien?«

»Was machst du? Warum tust du so, als wären wir plötzlich zusammen?«

»Sind wir das nicht?«

»Wir hatten Sex. Keine große Sache.«

»Da bin ich anderer Meinung. Was wir geteilt haben, war mehr als nur zwei Menschen, die guten Sex hatten.« Er sprach es locker aus, und doch brodelte Ärger in ihm, da sie das, was zwischen ihnen passiert war, herunterzuspielen schien.

»Für dich vielleicht. Für mich war es nur eine einmalige Sache.«

Schonungslose Zurückweisung. Das sollte nicht passieren. »Wir können heute Abend darüber reden.«

»Nein, das können wir nicht. Es gibt kein Wir.« Sie legte auf, bevor er etwas erwidern konnte.

Sollte sie ihm diese Nacht doch aus dem Weg gehen. Das würde ihr Zeit geben, ihn zu vermissen, während er sich um die Gefahr für sie kümmerte.

Der Laden hatte noch nicht geöffnet und er betrat ihn durch den Hintereingang, wo er direkt nach oben in seine Wohnung ging. Er hatte einige Anrufe zu erledigen, angefangen bei Wendell.

»Warnung. Ich rufe die Cousins auf dem Land an.« So nannte er die Gruppe von Männern, die für den landwirtschaftlichen Teil seines Betriebs in Nord-Ontario zuständig waren. Nicht alle von ihnen waren blutsverwandt, aber sie hatten eines gemeinsam – sie alle konnten ihre Herkunft auf den ersten Lykaner Lanark zurückführen, der sie verwandelt hatte.

»Wozu brauchen wir diese inzüchtigen Idioten?«,

grummelte Wendell. Der ältere Mann war einst mit einem der Cousins vom Lande liiert gewesen. Wendell und Bernard, der für Griffin aufgrund seines Alters eher wie ein Onkel wirkte, hatten eine gemeinsame Vergangenheit: Sie waren eine Zeit lang zusammen gewesen, bis sie sich aufgrund einer Schwangerschaft im Schlechten trennten. Bernard hatte eine Kellnerin in einer örtlichen Kneipe geschwängert, ein Betrug, den Wendell ihm nie verziehen hatte. Es war zwar bereits eine Weile her, aber die Spannungen waren geblieben.

»Ich brauche sie, weil sie gut darin sind, Leute aufzuspüren.«

»Auf dem Land. In der Stadt ist das anders«, merkte Wendell an. »Wir können denjenigen, um den es geht, selbst finden.«

»Und wirst du ihn loswerden?«

Die Frage ließ Wendell verstummen. Es gab einen Grund, warum manche Leute Alpha sein konnten und andere nur Beta. Ein Alpha würde alles tun, sogar töten, um zu beschützen, während mancher Beta Ausflüchte machte und es mit Vergebung versuchte, womit er mehr Kummer verursachte als nötig.

Griffin hatte ein großartiges Rudel. Gute Männer, die nicht ohne Grund zu seinen Brüdern auserkoren worden waren. Aber viele von ihnen waren in eine neue Ära hineingeboren worden, in der die Faust nicht mehr regierte. Das machte sie nicht weich, aber es führte dazu, dass sie Hilfe von außen brauchten, wenn sie mit einer wirklich gewalttätigen Situation konfrontiert waren.

»Willst du erklären, warum wir zu drastischen Maßnahmen greifen?«, fragte Wendell.

»Muss ich mich wirklich erklären?«, fragte er barsch, bevor er zu den wichtigsten Punkten kam. »Also, lass mal sehen. Irgendein Arschloch aus einer anderen Stadt hat seinen Alpha getötet, zusammen mit seinem Anwalt und dessen Sekretärin. Dieser Wichser und seine Bande sind jetzt in unserer Stadt und haben bereits einmal auf mich geschossen. Letzte Nacht haben sie es wieder versucht.« Den Teil, in dem er ihren Plan vereitelt hatte, Maeve anzugreifen, erwähnte er nicht.

»Warte, du bist ihnen wieder begegnet?«

»Ja. Drei von ihnen, einer mit einer Waffe.«

»Es ist eine Beleidigung, dass sie Waffen benutzen«, brummte Wendell.

»Der Meinung bin ich auch, und wir können nicht zulassen, dass sie weiter unfair spielen. Sie müssen aufgehalten werden.«

»Ich verstehe nicht, warum wir Hilfe von außen brauchen, wenn wir in der Überzahl sind.«

»Für den Moment. Ein unehrenhafter Blödmann wie Antonio fühlt sich vielleicht nicht dazu verpflichtet, seinen Biss unter Kontrolle zu halten. Was ist, wenn er loszieht und noch mehr Männer verwandelt?« Die Lykaner kontrollierten in der Regel sorgfältig, wie viele sie verwandelten, in dem Wissen, dass sie ein feines Gleichgewicht halten mussten – genug, damit sie nicht ausstarben, und nicht zu viele, damit sie keine Aufmerksamkeit erregten.

Wendell seufzte. »Das ist gut möglich, wenn man bedenkt, dass er es in Toronto gemacht hat.«

»Was?«

»Ich versuche, es bestätigen zu lassen, aber Theo hat ihn vielleicht dabei erwischt, wie er unerlaubt Lykaner geschaffen hat.«

Nur die Alphas durften auswählen, wer Teil des Rudels wurde – dieser Maßstab variierte je nachdem, wer die Auswahl traf –, und sie hielten die Zahl überschaubar. An einem Ort wie Ottawa hatte Griffin, genau wie sein Vorgänger, dreizehn ausgewählt – zwölf plus ihn selbst – obwohl er noch zwei ersetzen musste, die in den Ruhestand gegangen waren. Es war klar, dass sie nicht einfach wahllos Leute beißen konnten. Zum einen konnte nicht jeder mit dem Lykanervirus umgehen. Manche starben buchstäblich daran. Andere wurden durch die Schmerzen der ersten Verwandlung wahnsinnig. Und in vielen Fällen passierte überhaupt nichts, weil der Biss keine Wirkung hatte.

Lykaner konnten nur geschaffen werden, und das nicht so einfach, wie in den Filmen behauptet wurde. Nur Männer konnten verwandelt werden. Frauen zu beißen brachte nichts. Und so geboren zu werden stand völlig außer Frage. Eine Befruchtung endete für die Mutter und den Fötus immer mit dem Tod. Diejenigen, die wollten, dass ihre Linie weiterlebte, zeugten Babys, bevor sie verwandelt wurden, und alle wurden sterilisiert, sobald sie Teil des Rudels waren, um Unfälle zu vermeiden.

Bis auf Griffin. Von seiner eigenen Mutter als Monster beschimpft zu werden, von der Frau, die ihn umarmt und behauptet hatte, er sei das Beste, was ihr je passiert war, hatte etwas in ihm verändert. Vor seiner Verwandlung hatte er sich geweigert, Kinder zu haben, da er nicht wollte, dass sie sich so fühlten wie er – gehasst von jemandem, den er so sehr liebte. Sein Vater hatte versucht, ihn umzustimmen, indem er ihm den Biss verwehrte, ihn drängte und anflehte. Er hatte erst aufgegeben, als Griffin ihm den Beweis zeigte, dass er sich einer Vasektomie unterzogen hatte.

Er hoffte, dass seine Unfähigkeit, Kinder zu zeugen, bei Maeve kein Problem sein würde. Er wusste so wenig über sie. Und sie würde noch weniger über ihn wissen. Also sollte er lieber dafür sorgen, dass die Teile, die sie erfuhr, die guten waren.

»Oh, noch eine Sache, bevor ich auflege und die Cousins anrufe. Wir kaufen ein Haus«, verkündete Griffin.

»Was stimmt mit deiner Wohnung nicht?«

»Nichts. Ich schicke dir die Adresse des Hauses, das ich will.«

»Wann hast du vor umzuziehen?«

»Das habe ich nicht vor. Aber ich möchte, dass einer des Rudels darin wohnt und ein Auge auf das Haus zwei Türen weiter hat.«

»Geht es um die Ärztin, mit der du die Nacht verbracht hast?«

»Wenn ich Ja sage, hältst du dann die Klappe und kümmerst dich darum?«

Wendell hielt inne. »Ja, Alpha.«

»Danke, Wendell. Ich weiß das zu schätzen.«

»Sei vorsichtig.«

»Wo bleibt denn da der Spaß?«

KAPITEL ELF

Den ganzen Tag über, zwischen Patienten, dachte Maeve an Griffin. An die verrückte Art und Weise, wie sie sich ihm an den Hals geworfen hatte. An die Lust, die er ihr bereitet hatte. An den Telefonanruf. An die Annahme, dass er sie wiedersehen würde. Die Art und Weise, wie sie ihm klargemacht hatte, dass die letzte Nacht nichts bedeutet hatte. Zumindest hätte sie das nicht tun sollen. One-Night-Stands sollten keine große Sache sein, also warum bereute sie, sein Angebot zum Abendessen ausgeschlagen zu haben?

So war es zum Besten. Ein Mann wie er? Nicht ihr Typ. Okay, vielleicht war er es körperlich – es stellte sich heraus, dass sie seinen großen, muskulösen Körper wirklich mochte –, aber der Rest von ihm, der ganze Teil mit Besitzer eines Cannabis-Ladens und möglicherweise Teil einer Gang? Nicht ihr Ding.

Sie hatte gehofft, nach der Arbeit mit Brandy abzuhängen, anstatt allein nach Hause zu fahren, aber ihre beste Freundin hatte eine Verabredung.

»Welcher Typ?«, fragte Maeve, als Brandy ihr sagte, dass sie keinen Mädelsabend machen konnten.

»Ein süßer Typ, den ich im Café getroffen habe. Wir haben geflirtet. Haben Nummern ausgetauscht. Wir gehen ins Kino.«

»Oh. Das ist fantastisch.« Maeve versuchte, sich zu freuen, nur um festzustellen, dass sie nach Hause fahren würde, wo nichts als Angst und ein tiefgekühltes Fertiggericht auf sie warteten.

Sie hatte schon fast erwartet, dass Griffin auf dem Parkplatz auf sie warten würde, aber warum sollte er? Sie hatte ihm gesagt, dass sie länger arbeiten würde, aber dann war sie wegen eines nicht identifizierten Geruchs in der Notaufnahme früher nach Hause geschickt worden. Sie hatten die Leute nach draußen gebracht, während sie die Sache untersuchten.

Auf dem Heimweg knabberte sie an ihrer Unterlippe. Vielleicht war sie zu voreilig damit gewesen, Griffin eine Absage zu erteilen. Schließlich musste eine Affäre nicht auf eine Nacht beschränkt sein. Und sie musste ehrlich zugeben, dass sie sich beim Schlafen in seinen Armen sicher gefühlt hatte. So sicher wie seit dem Einbruch nicht mehr. Vielleicht hätte sie ihn nicht so übereilt von sich stoßen sollen.

Sie warf einen Blick auf ihre Handtasche, in der sich ihr Handy befand, und überlegte, ob sie ihn anrufen sollte. Stattdessen bog sie schnell vor ihrer Straße ab und parkte vor dem Lanark Leaf Cannabis-

Laden. Sie brauchte ein paar Atemzüge, um den Mut aufzubringen, aus ihrem Wagen auszusteigen. Und noch ein paar mehr, um überhaupt in den Laden zu gehen.

Was mache ich nur? Würde sie verzweifelt wirken? Andererseits war er derjenige gewesen, der sie angerufen hatte, weil er sie sehen wollte. Beinahe hätte sie sich ihre verrückte Idee ausgeredet, aber sie fand ihren Mut und betrat das Geschäft. Eine elektronische Glocke sorgte dafür, dass ein Mann hinter dem Tresen den Kopf hob. Seine Haare waren struppig, er war mindestens Mitte zwanzig und trug ein verwaschenes T-Shirt über einer Jeans.

»Willkommen bei Lanark Leaf. Was kann ich für dich tun?« Eine Routinefrage.

Sie verschränkte die Finger, um ihre Nerven zu beruhigen, als sie herausplatzte: »Ähm, ist Griffin hier?«

»Wer fragt?«

»Dr. Friedman. Ich meine, Maeve, ähm, er hat mir gesagt, ich soll nach ihm fragen.«

»Er ist im Moment nicht da. Aber wenn du deinen Namen und deine Nummer hinterlässt, sage ich ihm, dass du hier warst.« Der junge Mann musterte sie von oben bis unten, was ihr Unbehagen bereitete.

»Weißt du, wann er zurückkommt?« Sie hätte erst eine SMS schreiben sollen.

»Nein, und es geht dich auch nichts an.«

Die Aussage verärgerte sie. »Bist du immer so unhöflich?«

»Bist du immer so verzweifelt?«

Angesichts der scharfen Beleidigung sog sie den Atem ein und ihre Wangen wurden heiß. »Ich sehe, es war ein Fehler hierherzukommen.«

»Was du nicht sagst.«

Die Demütigung brannte. Zu denken – nein, sie hatte nicht nachgedacht. Sie hatte aus Verzweiflung, Einsamkeit und Geilheit gehandelt.

Anstatt sich noch mehr Beleidigungen auszusetzen, floh sie. Bevor sie nach Hause raste, ging sie in den Lebensmittelladen zwei Blocks weiter, nicht nur um etwas Brot, Käse und Aufschnitt zu kaufen, sondern auch eine Flasche Wein. Sie brauchte Trostessen und Alkohol. Erst dann machte sie sich auf den Heimweg. Kaum hatte sie den Wagen in der Garage geparkt, stieg sie aus, umklammerte mit einem Arm die mit Lebensmitteln gefüllte Papiertüte und drückte mit der freien Hand auf den Schließknopf. Ausnahmsweise wartete sie nicht, bevor sie ins Haus ging.

Ihre Hände zitterten vor Wut und Scham, als sie den Merlot entkorkte. Was hatte sie sich nur dabei gedacht, Griffin hinterherzujagen? Sie war sicherlich nicht die Erste, wenn man bedachte, wie der Kerl sie behandelt hatte. Sie trank den Wein und schenkte sich ein zweites Glas ein, bevor sie ihr Abendessen auspackte. Sie würde sich einen Teller mit Häppchen zubereiten und sich etwas im Fernsehen ansehen –

Klapper.

Das Geräusch veranlasste sie dazu, den Kopf zu drehen, um die Tür zur Garage zu mustern. Hatte sie etwas gehört? Vermutlich Paranoia. Sie hatte das Garagentor geschlossen. *Aber ich habe nicht gesehen, wie es ganz runterging.* Wie groß war die Wahrscheinlichkeit, dass jemand hineingeschlüpft war?

Sie redete sich ein, dass sie töricht war, obwohl sie den Kopf in die Garage steckte und beim Anblick der klaffenden Öffnung blinzelte. Das Tor hatte sich nicht geschlossen. Sie drückte auf den Knopf und das Tor begann, sich zu senken, um nach drei Vierteln der Strecke anzuhalten und wieder hochzufahren. Irgendetwas behinderte den Sensor. Sie ging um ihren Wagen herum, um den gesamten Bereich zu sehen, und fand den Übeltäter. Ein Ast lag quer über der Schwelle. Wie war er dorthin gekommen? Vielleicht war er hineingeweht worden, als sie geparkt hatte.

Nervös ging sie darauf zu und bückte sich, um ihn aufzuheben. Sie bemerkte die Bewegung kaum aus dem Augenwinkel. Bevor sie sich ganz umdrehen konnte, griff eine Hand in ihr Haar.

»Aua!«, kreischte sie und griff nach dem Handgelenk der Person, die ihr wehtat.

»Wo ist er?« Die leise, bedrohliche Frage ließ sie nach Luft schnappen.

»Lass mich in Ruhe.«

»Erst wenn du ihn mir gibst.«

Er konnte nur nach dem verflixten Karton fragen. Wenn er ihn haben wollte, sollte er ihn bekommen. »Er ist im Kofferraum.« Sie hatte bisher nicht die Zeit gefunden, ihn loszuwerden. Vielleicht hatte sie es aber auch nicht übers Herz gebracht, die einzigen Dinge zu zerstören, die sie von ihrem Vater besaß.

»Mach ihn auf.« Ein Schubs ließ sie gegen den Kotflügel ihres Wagens stolpern. Sie schloss ihn nicht ab, wenn er in der Garage geparkt war. Die Verriegelung löste sich, sodass die Kofferraumklappe nach oben ging. Zum Vorschein kamen ein Rucksack mit Ersatzkleidung für den Fall, dass sie sie im Krankenhaus brauchte, und eine Tasche mit medizinischem Material. Sonst nichts.

Kein Karton.

Ihr Angreifer bemerkte es im selben Moment wie sie.

»Wo ist er?«

»Ich weiß es nicht«, schnaubte sie. »Heute Morgen war er noch da.«

»Du verlogene Fotze!«

Sie hätte sich vielleicht über die Beleidigung geärgert, aber jegliche Gedanken wurden durch den Faustschlag in ihr Gesicht ausgelöscht, der sie bewusstlos werden ließ.

KAPITEL ZWÖLF

Nach einem Tag, an dem er am Telefon und am Computer versucht hatte, Antonio und seine Crew ausfindig zu machen, und dabei nur frustriert war, ging Griffin mit Freuden unter die Dusche. Nach dem Dienstplan, den Dorian aus dem Krankenhausnetzwerk abgezapft hatte, blieb ihm noch mindestens eine Stunde Zeit, bevor Maeve Feierabend hatte. Länger, wenn sie noch ein paar Überstunden machte.

Er hatte vor, neben ihrem Wagen auf dem Parkplatz zu warten, bevor sie ihre Schicht beendete. Sie hatte sich zwar geweigert, mit ihm zu Abend zu essen, aber das hieß nicht, dass er sie allein und schutzlos lassen würde. Er wollte dafür sorgen, dass sie sicher nach Hause kam. Da Antonios Bande auf freiem Fuß war, konnte er nicht vorsichtig genug sein.

In Anbetracht dessen wollte er nicht zu spät kommen. Er zog sich fertig an und warf einen Blick auf die Sicherheitsmonitore des Ladens, während er sein

Hemd in die Hose steckte. Die Tür schloss sich gerade hinter einer Kundin, einer Frau mit langen dunklen Haaren, die ihn an Maeve erinnerte. Scheiße, es hatte ihn schlimm erwischt.

Der Gedanke an sie wurde durch Ärger ersetzt, als er bemerkte, dass Lonnie an seinem Handy war.

Schon wieder.

Fauler Mistkerl. Ihm war gesagt worden, dass er das Ding bei der Arbeit nicht benutzen sollte. Er hätte ihn nie akzeptieren sollen, als der Einzelgänger vor ein paar Monaten auf der Suche nach einem Rudel aufgetaucht war. Lonnie hatte gebettelt und eine rührselige Geschichte darüber erzählt, dass sein letztes Rudel ihn wegen Problemen mit einem Mädchen rausgeschmissen hatte. Damals hatte der junge Mann Griffin leidgetan. Er hatte ein schweres Leben gehabt. Er hatte nur eine Chance haben wollen. Aber seit er ihn in das Rudel aufgenommen hatte, war Griffin klar geworden, dass er Lonnie wirklich nicht mochte. Er war nicht nur der faulste Mistkerl überhaupt, sondern ein paar seiner Jungs behaupteten auch, dass mit dem Kerl etwas nicht stimmte. Vielleicht war es an der Zeit, Lonnie loszuwerden.

Griffin machte sich auf den Weg nach unten, um Lonnie erneut eine Warnung auszusprechen. Er betrat den Laden und blieb stehen, als er seine Süße roch. Angesichts ihres unverwechselbaren Duftes hob er den Kopf und drehte ihn von einer Seite zur anderen, um jede Ecke nach ihr abzusuchen.

»Wo ist sie?«, fragte er Lonnie, da sonst niemand im Laden war.

»Wer?« Lonnie richtete sich nicht einmal aus seiner lümmelnden Haltung auf. Diese Respektlosigkeit hätte ihn fast seine Vorderzähne gekostet.

»Wo ist Maeve? Warum hast du mich nicht angerufen und mir gesagt, dass sie hier ist?« Offensichtlich war sie auf der Suche nach ihm hergekommen, denn er bezweifelte, dass sie gekommen war, um eine weitere E-Zigarette zu kaufen, da ihre noch fast nagelneu war.

»Ich weiß nicht, wovon du redest.«

Er sah Lonnie mit zusammengekniffenen Augen an. »Warum lügst du mich an? Ich kann sie riechen. Sie war hier. Und zwar vor Kurzem.« Er dachte an die Frau, die er noch vor wenigen Augenblicken hatte gehen sehen. Er hatte sie knapp verpasst.

Der jüngere Mann sah schließlich nervös aus. »Oh, du meinst die Braut, die gerade gekommen ist? Ich habe sie weggeschickt.«

»Du hast was?« Die Worte waren ein tiefes Knurren.

»Ich habe dir nur einen Gefallen getan. Ich dachte, sie wäre irgendein Flittchen –«

Seine Faust traf Lonnie am Kiefer, bevor der Wichser zu Ende gesprochen hatte. Der junge Mann stolperte hart gegen die Wand zurück.

»Warum hast du das getan?«, jammerte Lonnie.

»Pass verdammt noch mal auf, was du sagst, wenn du über Maeve redest.«

Lonnie rieb sich den Kiefer und musterte ihn verärgert. »Ich wusste nicht, dass sie deine Freundin ist.«

»Es ist egal, wer sie ist. Wenn jemand reinkommt und nach mir fragt, rufst du mich an. Du sagst demjenigen nicht, dass er sich verpissen soll.«

»Tja, jetzt weiß ich Bescheid«, spottete Lonnie.

Die Erwiderung reizte ihn nur noch mehr. »Du großmäuliger kleiner Wichser. Mir reicht's. Raus hier.«

»Du kannst mich nicht einfach feuern.«

»Ich kann machen, was ich verdammt noch mal will, du kleiner Scheißer. Und ich habe genug von dir. Also betrachte dich als ehemaliges Rudelmitglied.«

»Du wirfst mich raus?« Lonnie fiel die Kinnlade herunter. »Wegen irgendeiner verdammten Braut?«

»Nicht wegen irgendeiner Braut. Wegen *meiner* verdammten Braut. Ich schwöre, wenn du die Sache mit ihr versaut hast ...« Ihm fiel nur ein Grund ein, warum sie hier auftauchte. Sie wollte ihn sehen.

Das war gut. Denn er wollte sie sehen. Aber zuerst nahm er dem schmollenden und meckernden Lonnie den Schlüssel ab, ignorierte seine Drohungen: »Das wirst du noch bereuen«, und schloss den Laden ab. Dann ging er nach hinten, wo er das Büro leer vorfand, also schrieb er Dorian eine SMS, um Lonnies elektronischen Zugang zu sperren, was zu einem kurzen Austausch führte, der mit wenigen Worten viel ausdrückte.

Griffin: Ich habe Lonnie gefeuert.
Dorian: Wurde auch Zeit.
Griffin: Entferne alle Zugänge.

Dorian: Erledigt.
Griffin: Ich gehe zu Maeve.
Dorian: Wir sehen uns morgen.

Er hoffte, dass sie nicht sauer war. Was zum Teufel war in Lonnie gefahren, dass er sie rausgeschmissen hatte?

Als Griffin sich auf den Weg machte, waren etwa zwanzig Minuten vergangen. Er fuhr nicht zu ihr, da sie so nahe wohnte. Mit den Händen in den Jackentaschen ging er zu ihrem Haus, vorbei am Lebensmittelladen, bevor er in eine Gasse einbog, um zu ihrem Zuhause zu gelangen. Fast hätte er angehalten, um etwas zu essen und Blumen zu kaufen, aber irgendetwas drängte ihn, schnell zu ihr zu kommen. Als Mann, der seinem Instinkt vertraute, kämpfte er nicht gegen diese treibende Kraft an.

Als er bei ihrem Haus ankam, war trotz des dunkler werdenden Himmels kein Licht an. Vielleicht war sie nicht direkt nach Hause gefahren, nachdem sie seinen Laden verlassen hatte. Ihre Garage hatte kein Fenster, sodass er nicht nach ihrem Wagen sehen konnte, aber in ihrer Einfahrt roch es deutlich nach Abgasen, als wäre dort vor Kurzem ein Fahrzeug gewesen. Seltsam war allerdings der Ast auf dem Asphalt. Er musste heruntergefallen sein, nachdem sie geparkt hatte, da er nicht zerbrochen war.

Er klopfte fest an die Haustür. Keine Antwort. Ein Schritt zurück erlaubte es ihm, das Haus zu betrachten. Durch die Sperrholzverkleidung des Wohnzimmerfensters konnte er nicht hineinsehen.

Schlurf.

Das leise Geräusch zeigte an, dass sich jemand im Haus bewegte. Die Haare an seinem Körper richteten sich auf, als er spürte, dass etwas nicht stimmte.

Er bezweifelte sehr, dass Maeve drinnen war und ihn nicht beachtete. Sie schien ihm nicht der Typ zu sein, der ihn ignorierte.

Er klopfte erneut. »Maeve, Süße, bist du zu Hause?« Er hielt inne, um zu lauschen, nicht nur mit den Ohren. Da war das Knarren der Treppe. Jemand ging die Treppe hinauf. Er tat so, als würde er langsam weggehen. Er blieb stehen und warf einen Blick auf das Haus. Die Person, die ihn am oberen Fenster beobachtete, ruckte so stark zurück, dass der Vorhang raschelte.

Er hatte das Gefühl, dass das nicht seine Süße gewesen war. Er schritt vom Haus weg und versuchte, lässig auszusehen, musste aber weiter gehen, als ihm lieb war, bevor er umkehren konnte. Das Haus, das zum Verkauf stand, war leicht zu betreten, und er machte sich schnell auf den Weg in den ersten Stock zu dem Fenster, das er bereits zuvor benutzt hatte.

Die einbrechende Dunkelheit half, sein offensichtliches Springen über die Dächer zu Maeves Zuhause zu verbergen. Das Fenster zu ihrem Schlafzimmer war immer noch unverriegelt.

Er trat leise ein, woraufhin ihr Duft ihn umgab. Mit vorsichtigen Schritten machte er sich auf den Weg zur Tür und dann zur Treppe, wo er die knarrende Stufe mied. Er spannte sich vor Wut an, als er eine eindeutig männliche Stimme hörte, die bedrohlich klang. Bevor er etwas unternahm, schickte er noch schnell eine SMS, um einigen seiner Jungs mitzuteilen, was vor sich ging. Dann schlich er sich näher heran.

»So viel zur Rettung, Frau Doktor. Dein Freund ist weg, und bis er zurückkommt, werden wir mit unserer Unterhaltung fertig sein.«

»Ich habe dir gesagt, dass ich nicht weiß, wo der Karton ist. Jemand muss ihn aus meinem Kofferraum gestohlen haben, während ich auf der Arbeit oder im Lebensmittelladen war.«

Ihre Stimme zu hören trug nicht dazu bei, Griffins Wut zu lindern. Im Gegenteil, sie verstärkte sie nur. Wer wagte es, ihr zu drohen?

»Ich bin sicher, du wirst dich daran erinnern, wenn wir anfangen, Körperteile abzuschneiden. Ohne Finger kannst du keine Ärztin sein.« Eine Drohung, unterbrochen durch das Gleiten einer Klinge, die aus einem Messerblock gezogen wurde.

»Was ist so verdammt wichtig an diesem Karton? Es ist nur ein Haufen Bilder darin, die meisten davon alt.«

»Ich weiß es nicht. Es ist mir auch egal, außer dass er demjenigen, der sie ihm bringt, einen Riesen in bar wert ist.«

»Ich kann dir das Doppelte zahlen, wenn du mich in Ruhe lässt.«

»Mach zehntausend draus oder ich fange an zu schneiden.«

Griffin hatte genug gehört. Er trat in Sichtweite

und zog die Aufmerksamkeit des stämmigen Mannes auf sich, der sich mit einem Fleischermesser in der Hand über Maeve beugte.

»Sieh an, sieh an, wer zurückkommt. Ich dachte, er hätte keinen Schlüssel.« Der Kerl mit dem starken Körpergeruch kniff Maeve fest ins Kinn.

»Hat er nicht«, murmelte sie. »Ich weiß nicht, wie er reingekommen ist.«

»Warum legst du dich nicht mit jemandem an, der eher deine Größe hat, Feigling?«, spottete Griffin, der die Küche vollständig betrat und sich seitlich hielt, was den Mann dazu zwang, sein Gewicht zu verlagern, damit er ihn weiterhin sehen konnte. Er erkannte den Kerl mit dem kahlgeschorenen Kopf nicht. Der Wichser war breit und groß, tätowiert und sah fies aus. Aber er war kein Wolf.

»Ich bin überrascht, dass du schon wieder aus dem Krankenhaus raus bist. Ich hätte schwören können, dass ich dir ins Herz geschossen habe.« Der Idiot – der sich hoffentlich nicht fortpflanzte – gab zu, einer der Schützen gewesen zu sein.

»Ich schätze, du zielst einfach beschissen«, sagte Griffin und gab sein Bestes, Maeve nicht anzustarren, nachdem er sich nur einen kurzen Blick erlaubt hatte. Die Wut über ihre geschwollene Unterlippe und den Bluterguss, der sich bereits auf ihrer Wange bildete, kochte unter der Oberfläche. Der Schläger hatte sie an einen Stuhl gefesselt.

»Das liegt daran, dass Pistolen nicht mein Ding sind. Aber Messer ... Ich habe schon immer lieber geschnitzt.« Der Kerl packte Maeve an den Haaren, riss ihren Kopf nach hinten und setzte die Klinge gegen ihre Haut.

Er musste ihr lassen, dass sie nicht wimmerte, aber ihr Duft wurde vor Angst immer schärfer.

Es kostete Griffin alles, nicht zu reagieren. Das kleinste falsche Wort oder Zucken einer Gliedmaße und ihr würde vielleicht die Kehle aufgeschlitzt werden. Er musste den Kerl ablenken. Ihn von seiner Süßen trennen.

»Wer hat dich angeheuert?«, fragte Griffin.

»Das spielt keine Rolle.«

»Ich bin überrascht, dass du noch einen Job hast, nachdem du damit gescheitert bist, mich umzubringen.«

Dem Schläger gefiel die Beleidigung nicht und er drückte die Spitze des Messers so fest gegen Maeves Haut, dass sich ein Blutstropfen bildete. »Dann muss ich wohl dieses Mal dreifach sicherstellen, dass du tot bist. Vielleicht bringe ich dem Boss deinen Kopf.«

»Wenn du mich tötest, wirst du das Paket nie finden.« Eine wilde Vermutung, warum der tote Mann hinter Maeve her war.

Seine Behauptung erregte die Aufmerksamkeit des Mannes. »Wo ist es?«

»Ich sage dir gar nichts, bis du dich von Maeve entfernst.«

»Sag mir, wo es ist!« Der Schläger nahm das Messer von ihrer Haut und wedelte damit in Griffins Richtung. Nicht ideal.

Bevor Griffin handeln konnte, tat Maeve es.

Ihr Oberkörper mochte zwar gefesselt sein, aber ihre Beine blieben frei, weshalb sie sie spreizte und um die des Messerschwingers drückte. Die Bewegung war schnell und überraschend genug, dass sie den Mann aus dem Gleichgewicht brachte. Da er niemand war, der einen Vorteil verstreichen ließ, stürzte Griffin dazu. Ein paar kräftige Faustschläge gegen den Kopf des Mistkerls und seine Augen rollten zurück. Er hätte ihn gern noch mehr geschlagen, aber Maeve sah zu.

Er ließ den schlaffen Körper auf den Boden fallen und drehte sich zu Maeve um. Sie tat ihr Bestes, um sich aus dem Klebeband zu befreien, mit dem ihr Oberkörper gefesselt war.

»Halt still, ich schneide dich los.« Griffin nahm das Messer vom Boden auf und sägte damit vorsichtig durch die klebrigen Teile.

»Wie bist du reingekommen?«, fragte sie, anstatt sich bei ihm zu bedanken, dass er ihr zur Rettung gekommen war.

Er hielt mit dem Schneiden inne und sah sie an. »Ist dieser Teil wichtig?«

»Ja, da du nicht wissen konntest, dass ich in Gefahr war, und ich nicht gehört habe, wie die Haustür eingetreten wurde.«

»Sagen wir einfach, ich habe nach meinem Bauchgefühl gehandelt.« Er beendete das Durchschneiden des Klebebandes und trat einen Schritt zurück, als sie ihre Arme anspannte, um es zu lockern, bevor sie es abzog.

»Führt dein Bauchgefühl dich oft dazu, Einbruch zu begehen?«, war ihre bissige Antwort.

»Gut, dass es dieses Mal so war, findest du nicht?« Da er wusste, dass sie nur verbal auf ihn losging, weil sie Angst gehabt hatte, lenkte er ihre Aufmerksamkeit um. »Ich habe gehört, dass du auf der Suche nach mir in den Laden gekommen bist.«

»Das bin ich, und mir wurde kurz und bündig gesagt, dass du kein Interesse hast.«

»Lonnie ist ein verdammter Lügner. Ich habe ihn gefeuert.«

Sie hielt mit dem Abziehen des Klebebands inne. »Du hast ihn gefeuert, weil er mir gesagt hat, ich solle verschwinden?«

»Ja.«

Sie schürzte die Lippen, aber nur für eine halbe Sekunde, bevor sie wieder die Stirn runzelte. »Du bist also gekommen, um es zu erklären und dich zu entschuldigen? Das erklärt aber immer noch nicht, wie du reingekommen bist.«

»Schlafzimmerfenster. Ich habe mich daran erinnert, es unverschlossen gesehen zu haben.« Eine Erinnerung an die Nacht, die sie zusammen verbracht hatten.

Das lenkte ihren scharfen Verstand nicht ab. »Es gibt keine Möglichkeit, zu meinem Fenster hochzuklettern. Das ist der einzige Grund, warum ich es nicht verriegle«, sagte sie und stopfte das Klebeband, das sie entfernt hatte, in den Mülleimer. Dann starrte sie auf die Rolle auf dem Tresen und den Kerl, der auf ihren Boden sabberte.

Bevor sie auch nur daran denken konnte, schnappte Griffin sich die Rolle, ging in die Knie und fesselte die Handgelenke des Mannes, damit er, falls er aufwachte, keinen Schaden anrichten konnte.

»Und?«, fragte sie, wobei sie mit dem Fuß auf den Boden tippte.

»Ich bin über das Dach an dein Fenster gekommen.«

»Das Dach. Wie ein Einsteigdieb.« Eine wenig beeindruckte Aussage.

»Wie wäre es mit dem Helden, der dir den Arsch gerettet hat?«, blaffte er und erhob sich, sodass er sie überragte.

Sie reckte ihr Kinn und wich kein bisschen zurück. »Meinem Arsch wäre es gut gegangen, wenn du meinen Karton nicht gestohlen hättest! Ich hätte ihn ausgehändigt und er«, sie starrte den Mann am Boden an, »wäre gegangen.«

»Ich habe den Karton nicht.«

Ihr fiel die Kinnlade herunter. »Aber du hast gesagt –«

»Ich habe gelogen, damit er sich nicht mehr auf dich konzentriert, sondern auf mich.«

Sie schürzte die Lippen. »Wenn ich ihn nicht habe und du ihn nicht hast, wer dann?«

»Ich weiß es nicht. Aber da jemand ihn unbedingt haben will, sollten wir es herausfinden.«

KAPITEL DREIZEHN

Wir.

Maeve war sich nicht sicher, was sie von seiner Verwendung dieses Wortes halten sollte. Er sprach so, als wären sie ein Team. Ein Paar. Als würde sie sich mit jemandem einlassen, der sich nichts dabei dachte, auf ein Dach zu klettern, um in ihr Haus einzubrechen.

Was war mit der Tatsache, dass er sie vor Schaden bewahrt hatte? Hob das seine Taten auf?

Ein Teil von ihr wollte Ja sagen. Schuld war der fantastische Sex. Dieser Teil von ihr wollte das Gute in ihm sehen, um ihr Verlangen zu rechtfertigen.

Andererseits konnte sie sich des Eindrucks nicht erwehren, dass der Ärger, in den sie geraten war, zum Teil auf sein Konto ging, was nicht wirklich fair war. In Wirklichkeit war sie wegen ihres Vaters angegriffen worden.

Warum wollte jemand den Karton unbedingt

haben? Da sie bezweifelte, dass die Bilder oder das Taschenbuch daran schuld waren, musste sie sich fragen, was der Ordner enthielt. Offenbar etwas, das es rechtfertigte, eine Frau zu foltern, um ihn zu bekommen.

Sie betrachtete den Mann auf dem Boden und musste den Drang unterdrücken, ihn zu treten. Angesichts des Pochens in ihrem Wangenknochen hätte er es verdient. Sie würde mit Sicherheit ein Veilchen bekommen. Sie würde den Angriff auf der Arbeit erklären müssen, denn wenn sie das nicht tat, würde sie zweifellos nicht ganz so subtile Broschüren über häusliche Gewalt auf ihrem Schreibtisch vorfinden. Sie hatte einen ganzen Stapel davon bekommen, nachdem sie sich mit einer Harke ein Veilchen verpasst hatte. Niemand glaubte ihr, dass sie tatsächlich auf eine Harke getreten war und sich selbst ins Gesicht geschlagen hatte. Danach hatte sie das blöde Gras durch Steine ersetzen lassen.

»Wir sollten die Polizei rufen«, verkündete sie abrupt. Ein Polizeibericht könnte beim Krankenhausklatsch helfen.

Griffin öffnete den Mund und sie machte sich bereit zu diskutieren, falls er sich weigerte. Stattdessen sagte er: »Ich habe schon angerufen.«

»Hast du das?« Sie war überrascht.

»Ja. Ich habe sofort einen Notruf abgesetzt, als ich wusste, dass du als Geisel festgehalten wirst. Im Gegensatz zu dem, was du zu glauben scheinst, bin ich ein gesetzestreuer Typ.«

»Du kämpfst aber nicht wie einer.« Er hatte nicht gezögert, ihren Angreifer zu verprügeln.

»Ich bin in einer harten Gegend aufgewachsen. Ich musste wissen, wie ich mich verteidigen kann. Und das musst du gerade sagen. Wie du ihn zum Stolpern gebracht hast? Das war mutig.«

Sie zog eine Grimasse. »Eigentlich nicht. Ich hatte Angst und wusste nicht, was ich sonst tun sollte.« Innerlich hatte sie gehofft, ihren Angreifer ins Stolpern bringen zu können, damit er auf das Messer fiel. Obwohl Griffins Methode, sich um ihn zu kümmern, eine bessere, weniger blutige Lösung für ihren Küchenboden war.

»Wo hat er dich noch getroffen?«, fragte er, wobei er eine Hand ausstreckte, um sanft die unverletzte Seite ihres Gesichts zu umfassen.

»Nur ein Schlag auf die Wange, hart genug, dass ich bewusstlos wurde.« Sie verzog das Gesicht.

»Wie fühlst du dich?«

»Es tut weh«, gab sie zu. »Aber sonst scheint es mir gut zu gehen. Kein Klingeln in den Ohren oder verschwommene Sicht. Es ist aber noch zu früh, um zu sagen, ob ich eine Gehirnerschütterung habe.«

»Es tut mir leid.«

»Warum? Gibst du zu, dass das deine Schuld ist?«

»In gewisser Weise schon. Wenn Lonnie dich nicht weggeschickt hätte, wären wir beide schon in meiner Wohnung und das hier wäre nicht passiert.«

»Oder es wäre hinausgezögert worden und statt dass du rechtzeitig kommst, würden mir ein paar

Finger fehlen.« Ihr Magen drehte sich, als sie das sagte. Sie hatte eigentlich locker klingen wollen, doch dann wurde sie von der harten Realität eingeholt. Dieser Mann hätte ihr noch mehr wehgetan, als er es ohnehin schon getan hatte.

Plötzlich lief sie zum nächsten Badezimmer, um sich vor der Toilette auf den Boden zu werfen. Sie, eine Frau, die ihre Hände in das Fleisch eines anderen Menschen stecken konnte, um Wunden zu versorgen, musste sich bei dem Gedanken an das, was beinahe passiert wäre, übergeben.

Der Würgereiz hielt an, bis ihr leerer Magen aufhörte zu krampfen. Sie umarmte die Kloschüssel, die Augen geschlossen gegen die brennenden Tränen der Scham und die schlummernde Angst.

Eine sanfte Hand auf ihrem Rücken ließ sie erstarren. »Geht es dir gut, Süße?«

Die leise Frage ließ sie überrascht blinzeln, denn sie hatte noch nie jemanden an ihrer Seite gehabt, während sie sich übergab. Die meisten Leute blieben weg.

»Ich werde es überleben«, krächzte sie.

Er rieb ihr leicht den Rücken. »Ich habe dir Wasser mitgebracht, um deinen Mund auszuspülen.«

»Danke.« Sie griff nach dem angebotenen Glas und nahm einen großen Schluck, um ihn in ihrem Mund zu verteilen. Er stand auf und ging, bevor sie in die Toilette spuckte. Sie tat es noch einmal und spülte runter, bevor sie aufstand. Angesichts ihres fleckigen Spiegelbilds verzog sie das Gesicht.

Griffin kam zurück, diesmal mit einem feuchten Tuch in der Hand. Es war warm, wie sie bemerkte, als sie damit über ihren Mund und ihr Kinn wischte.

»Tut mir leid«, murmelte sie, unfähig, seinem Blick im Spiegel zu begegnen.

»Was denn? Dass du ein Mensch bist? Ich bin überrascht, dass es so lange gedauert hat, bis der Schock dich trifft.«

»Er hat mir gesagt, er würde mir die Finger abschneiden.« Sie bemerkte einen sauren Geschmack im Mund, als sie es laut aussprach.

»Es tut mir leid, Süße. Ich wünschte, du hättest das nie durchmachen müssen.« Er zog sie an seine Brust, eine breite Brust, und schlang seine starken Arme um sie, sodass sie sich sicher fühlte.

Sie wusste nicht, wie lange sie sich in ihrem engen Badezimmer im Erdgeschoss umarmten. Sie hätte kein Problem damit, ewig dort zu stehen, aber sie widersprach nicht, als er sie an der Hand nach oben führte und sagte: »Du solltest dir die Zähne putzen. Dann fühlst du dich besser.«

Es klingelte an der Tür, als sie gerade die erste Stufe hinaufstieg. Sie hielt inne.

»Geh, mach dich frisch.« Er winkte sie weiter. »Ich lasse die Polizei rein und erzähle den Beamten, was passiert ist.«

Sie wollte ihm widersprechen, aber sie wollte auch den bitteren Geschmack aus ihrem Mund entfernen. Sie würde nicht lange brauchen. Sie lief die Treppe hinauf und in ihr Badezimmer, wo sie beim Anblick ihres Gesichts erschrak. Es war nicht nur fleckig vom Erbrechen, sondern auch geschwollen, wo der Angreifer sie geschlagen hatte. Sie würde einen Eisbeutel holen, wenn sie wieder nach unten ging. Sie schrubbte ihre Zähne und ihre Zunge. Sie wusch gründlich das Gesicht und trug dann etwas Hamamelis auf die pochenden Stellen in ihrem Gesicht auf. Das sollte die Schwellung ein wenig lindern.

Sie nahm sich einen Moment Zeit, um ihr Haar zu bürsten und tief durchzuatmen. Höchstwahrscheinlich würde die Polizei von ihr verlangen, dass sie auf dem Revier eine Aussage machte. Sie sollte Snacks einpacken. Jetzt hatte sie vielleicht noch keinen Hunger, aber irgendwann würde es sie überkommen, da sie noch nicht zu Abend gegessen hatte.

Als sie die Treppe hinunterging, hörte sie Stimmengemurmel. Sie betrat die Küche und stellte fest, dass der Kerl auf dem Boden verschwunden war und Griffin sich mit Detective Gruff unterhielt.

Beide begrüßten sie sofort, Griffin trat an ihre Seite und der Detective nickte ihr zu. »Ihr Freund hat mir gerade von dem Einbruch erzählt.«

Sie wich dem tröstenden Arm, den Griffin um sie legte, nicht aus. Bei der Arbeit und im Leben eine starke Frau zu sein widerlegte nicht die Tatsache, dass es manchmal schön war, jemanden zu haben, auf den man sich stützen konnte.

»Er kam durch die Garage herein.« Es ärgerte Maeve, dass es genau das eine Mal passiert war, als sie nicht aufgepasst hatte, um genau das zu verhindern.

»Wo ist er?«, fragte sie, während sie im Stillen betete, dass niemand antwortete, er sei geflohen.

»Er wird auf die Wache gebracht«, erklärte Detective Gruff.

»Ich schätze, ich muss wohl eine Aussage machen.« Grauen erfüllte sie. Das würde ätzend werden.

»Eigentlich hat Mr. Lanark uns schon mehr als genug Details gegeben, um den Täter anzuklagen. Zu diesem Zeitpunkt müssen Sie nichts tun.«

Sie konnte ihre Erleichterung über das Wissen nicht verleugnen, dass sie nicht Stunden auf dem Revier verbringen würde. »Wenn Sie mehr Informationen brauchen, dann lassen Sie es mich wissen. Ich will nicht, dass der Kerl in absehbarer Zeit wieder frei herumläuft.«

»Er wird dir nicht noch einmal wehtun«, versprach Griffin leise. Der Detective zuckte bei der angedeuteten Drohung nicht mit der Wimper. »Kannst du mir mehr über den Karton sagen, nach dem der Täter gesucht hat?«

Sie zuckte mit den Schultern. »Da gibt es nicht viel zu sagen, außer dass ich annehme, dass es der ist, den ich von meinem Vater bekommen habe. Er ist gestorben und ein Anwalt hat mir ein paar seiner Sachen geschickt. Hauptsächlich Bilder von ihm, ein Buch und einen Ordner.«

»Was war in dem Ordner?« Griffin war derjenige, der fragte.

»Ich weiß es nicht. Ich konnte die Schrift nicht

lesen. Es sah alt aus. Wenn ich raten müsste, waren es irgendwelche Rezepte. Sie schienen Zutatenlisten zu enthalten, gefolgt von Anweisungen. Oh, und ein paar Kritzeleien von Pflanzenblättern.«

»Klingt nach einem möglichen Familienerbstück«, überlegte Griffin laut.

»Keine Ahnung, weil ich die Seite meines Vaters nie kannte.«

»Der Karton fehlt?«, stellte der Detective klar.

Sie nickte. »Ich habe ihn heute Morgen in meinen Kofferraum gestellt und er war weg, als mein Angreifer auftauchte. Und gut, dass ich ihn los bin. Er hat nichts als Ärger gemacht.«

»Ich erwähne das nur ungern«, sagte der Detective langsam, »aber angesichts Ihrer jüngsten Probleme ist es gut möglich, dass der Typ, der im Gefängnis sitzt, nicht der Einzige ist, der hinter dem Karton her ist.«

»Aber er ist weg.«

»Das werden die anderen nicht unbedingt wissen.«

»Was soll das heißen? Dass ich immer noch in Gefahr bin?«

»Ja.« Der Detective beschönigte nichts. »Gibt es einen anderen Ort, an dem Sie für die nächste Zeit bleiben können?«

»Ich denke, ich kann in ein Hotel gehen.« Irgendwo, nur nicht hier. Ihr Zufluchtsort fühlte sich nicht länger sicher an.

»Einen Scheiß wirst du«, knurrte Griffin. »Sie wird bei mir wohnen.«

Sie drehte sich mit offenem Mund zu ihm um. »Das kann ich nicht tun.«

»Warum nicht? Ich habe den Platz.«

»Weil wir uns kaum kennen.«

»Ich weiß, dass du schnarchst«, sagte er trotz der Tatsache, dass sie ein Publikum hatten.

»Das tue ich nicht.«

»Es ist okay. Ich finde es niedlich.« Er zwinkerte.

Der Detective räusperte sich. »Bei jemandem zu wohnen ist wahrscheinlich eine bessere Idee, als allein zu sein.«

»Ich kann zu Brandy gehen.« In ihrer kleinen Wohnung würde es zwar eng werden, aber es wäre nur vorübergehend.

»Du würdest also lieber sie in Gefahr bringen?«, sagte Griffin.

Ihre Wangen glühten vor Verärgerung. »Nein.«

»Dann ist es abgemacht. Pack eine Tasche, Süße.«

»Was ist, wenn ich nicht bei dir bleiben will?«, schnaubte sie.

»Willst du wirklich so stur sein?«

»Ähm, ich lasse Sie beide das ausdiskutieren. Ma'am, ich melde mich, wenn wir etwas brauchen.« Der Detective ging hinaus und ließ sie mit Griffin zurück.

Sie kniff die Lippen zusammen. »Nur weil wir miteinander geschlafen haben, hast du nicht das Recht, mich herumzukommandieren.«

»Ich kommandiere dich nicht herum, ich lade dich ein. Komm schon, Süße, wir wissen beide, dass du bei mir am sichersten bist.«

»Sicher bei einem Drogendealer. Das ist ein Widerspruch in sich.«

»Du hast den Teil vergessen, dass ich in den Augen des Gesetzes hundertprozentig legal bin und eine Wohnung habe, die durch eine Alarmanlage und andere Sicherheitsvorkehrungen geschützt ist.« Er ergriff ihre Hände, als er hinzufügte: »Ich weiß, dass das nicht deine erste Wahl ist, aber es ist nur vorübergehend.«

»Sobald derjenige, der den verdammten Karton meines Vaters haben will, merkt, dass ich ihn nicht habe, wird er nicht mehr hinter mir her sein.« Es laut auszusprechen überzeugte sie nicht.

Was es aber tat? Griffin, der sagte: »Wenn jemand hinter dir her ist, muss er erst an mir vorbei.«

KAPITEL VIERZEHN

Anstatt durch die Rückseite des Ladens zu gehen, wo er vielleicht auf jemanden seines neugierigen Rudels treffen würde, führte Griffin Maeve durch den vorderen Teil des Ladens, schloss die Tür sofort ab, entschärfte die Alarmanlage und schaltete sie wieder ein.

Maeve sagte nichts, sondern wartete nur mit ihrer Tasche über der Schulter. Sie wollte nicht, dass er sie trug, aber sie hatte ihn ihren Wagen fahren lassen, nachdem er sie auf ihre zitternden Hände hingewiesen hatte.

»Ich wohne im ersten und zweiten Stock.« Er ließ sie zuerst nach oben gehen und genoss als Mann den Anblick ihres Hinterns, wenn sich der Stoff ihrer Hose bei jedem Schritt straffte.

Oben angekommen wartete sie, während er den Code eingab, um die Tür aufzuschließen. Es gab auch einen Schlüssel für den Fall, dass der Strom ausfiel, der gut verborgen war und dessen Versteck nur er kannte.

Sie traten ein und sie stieß ein leises »Wow« aus.

»Gefällt es dir?« Aus irgendeinem Grund war ihre Antwort von Bedeutung. Er war ziemlich stolz auf das, was er erreicht hatte. Die Fußböden aus wiederverwendetem Kiefernholz. Die Wände frisch verputzt. Neue Fenster, die größer und energieeffizienter waren.

»Es ist schön. Mir gefällt, wie offen es ist.« Sie schlüpfte aus ihren Schuhen, bevor sie sich auf Erkundungstour begab. Bei ihrem ersten Halt fuhr sie mit der Hand über die Granitplatte seiner Kücheninsel. Sie stellte ihre Tasche auf der Oberfläche ab.

»Das ist der Hauptwohnbereich. Oben sind das Schlafzimmer und das Bad.«

»Du musst viele Freunde haben«, bemerkte sie mit Blick zu seinen Sofas und Klubsesseln.

»Ein paar. Die meisten arbeiten für mich, und hier halten wir die meiste Zeit unsere Firmensitzungen ab.«

»Ich bin offensichtlich im falschen Beruf«, murmelte sie, während sie den riesigen Fernseher an seiner Wand betrachtete.

»Du hast einen viel wichtigeren Job als ich. Ganz zu schweigen von den teuren Kursen, die du belegen musstest.«

Sie rümpfte die Nase, als sie sagte: »Ich habe fast zehn Jahre gebraucht, um meine Kredite abzuzahlen. Jetzt kümmere ich mich um meine Hypothek.«

»Wenn es dich beruhigt, ich zahle immer noch für die Renovierung.«

Plötzlich grinste sie. »Damit fühle ich mich tatsächlich besser.«

Ihr Lächeln wärmte ihn von Kopf bis Fuß. »Hast du Hunger?«, fragte er.

Bei der Frage zog sie die Mundwinkel nach unten. »Nein. Ich kann nicht aufhören, darüber nachzudenken, was passiert ist.« Sie fasste sich an den Bauch, als wäre ihr wieder übel.

»Du bist in Sicherheit. Der Wichser ist im Knast.« Das war er eigentlich nicht. Als Griffin den Notruf an Billy geschickt hatte, war das gewesen, um zu verhindern, dass andere Polizisten auftauchten. Dass sie sich übergeben hatte und dann nach oben gegangen war, hatte Billy die Möglichkeit gegeben, den Schläger verschwinden zu lassen.

»Der Schläger, der mich angegriffen hat ... Er hat gesagt, dass jemand ihn angeheuert hat, was bedeutet, dass die Sache noch nicht vorbei ist. Ich wünschte, es gäbe eine Möglichkeit, denjenigen, der das getan hat, wissen zu lassen, dass ich den Karton nicht mehr habe.« Sie rieb sich mit einer Hand über das Gesicht. »Wer hätte gedacht, dass der Mann, der sich zu Lebzeiten nicht die Mühe gemacht hat, ein Vater zu sein, mir das Leben schwer machen würde, wenn er tot ist?«

»Ich bin sicher, dass das nie seine Absicht war.«

»Das werden wir wohl nie erfahren.« Eine niedergeschlagene Antwort.

»Ich weiß, was dir helfen wird, dich zu entspannen. Ich habe eine Whirlpool-Badewanne mit genügend Düsen, um deinen Körper weich wie Pudding werden zu lassen.«

»Versuchst du schon, mich nackt zu bekommen?«

Er schüttelte den Kopf. »Nicht heute Abend.« So sehr er sie auch in seine Arme ziehen und vergessen lassen wollte, würde er ihren anfälligen Seelenzustand nicht ausnutzen. Sie hatte einen Schock erlitten. Sie konnte es jetzt wirklich nicht gebrauchen, dass er sie vollsabberte und betatschte, auch wenn sie dabei zum Orgasmus käme. »Warum nimmst du nicht ein schönes Bad? Allein.«

»Und wo wirst du sein?«

»Unten. Ich habe noch ein paar Sachen zu erledigen.«

Ein misstrauischer Blick trat in ihre Augen. »Wer hat Zugang zu deiner Wohnung?«

»Keiner außer mir. Und niemand kommt an mir vorbei zu dieser Treppe.«

»Du hast weder eine Treppe noch eine Tür gebraucht, um in mein Haus zu kommen.«

»Dieses Gebäude ist zu weit von den Nachbarn entfernt, als dass jemand die gleiche Methode wie ich bei dir anwenden könnte. Ich verspreche dir, dass du in Sicherheit bist. Wäre es dir lieber, wenn ich bei dir bleibe?«

Sie kaute auf ihrer Unterlippe, bevor sie den Kopf schüttelte. »Ich komme schon klar. Ich bin nur etwas erschütterter, als ich dachte.«

»Die Badewanne ist groß genug für zwei«, neckte er.

Die Röte in ihren Wangen brachte ihn fast zum Lachen, als sie stotterte: »Mir geht es gut. Geh und tu, was du tun musst.«

»Zuerst zeige ich dir, wo du Handtücher und andere Sachen findest.«

Sie bewunderte sein riesiges Schlafzimmer und schwärmte von seiner noch größeren Badewanne. Er ließ sie mit seinem Bademantel, der an einem Haken im Bad hing, einem Stapel Handtücher für Körper und Haare und einer Erinnerung daran zurück, dass er nicht weit weg sein würde.

Als er nach unten ging, versuchte er, nicht daran zu denken, wie sie nackt in seine Wanne stieg. Was hätte er nicht alles dafür gegeben, ihr Gesellschaft zu leisten. Aber sie brauchte Zeit, um ihren Kopf zu beruhigen. Und sie zu drängen würde das Gegenteil bewirken.

Außerdem wollte Griffin sich mit jemandem unterhalten.

Er fand Billy im Keller, zusammen mit ihrem Gefangenen und Ulric, der mit gestiefelten Füßen auf einem Tisch saß.

»Hey, Boss.«

»Was habt ihr bis jetzt herausgefunden?«, fragte Griffin, während er sich sein Hemd auszog. Er wollte nicht, dass Blut darauf kam. Maeve könnte es bemerken.

»Nichts. Der Wichser ist verschwiegen.«

»Ist er das? Gut, denn ich bin in der Stimmung, etwas zu schlagen.« Griffin ließ ein kleines Lächeln über seine Lippen kommen und stellte sicher, dass der Schläger es sah.

»Nur zu, schlag mich. Ich sage einen Scheiß.« Der Mann spuckte auf den Boden.

»Das ist dein gutes Recht.« Griffins Jeans und Boxershorts folgten als Nächstes, nachdem er seine Schuhe und Socken ausgezogen hatte.

»Verdammter Perverser. Willst du mich zur Unterwerfung ficken?«

Griffin rollte mit den Schultern und ließ seine Glieder knacken, bevor er sagte: »Ich werde dir zeigen, warum du dich mit dem falschen Mann angelegt hast.«

»Ich habe mich nicht mit dir angelegt. Dieses Miststück von Ärztin ist diejenige, die etwas hat, das wir wollen.«

»Und sie steht unter meinem Schutz.«

»Dann hast du einen miserablen Job gemacht«, spottete der Idiot auf dem Stuhl.

»Das habe ich, und deshalb muss ich es jetzt in Ordnung bringen.« Er warf einen Blick auf Ulric. »Schmeiß ihn in den Raum. Es wird Zeit, dass er anfängt zu reden.«

»Alles klar, Boss.« Ulric durchtrennte das Klebeband, mit dem der Mann gefesselt war, und schleppte ihn zu einer Tür aus Metall, die in den Beton eingelassen war. Ein Schutzraum für diejenigen, die sich während der Verwandlung bei Vollmond nicht richtig unter Kontrolle hatten.

Schalldicht. Ausbruchsicher. Die sechs mal sechs Meter große Kammer enthielt nichts. Griffin betrat den Raum und fand den Gefangenen in Kampfhaltung vor.

»Dann lass uns loslegen, du Perverser.« Der Mann ballte die Fäuste.

Die Tür schlug hinter Griffin zu.

Er lächelte. »Das endet, wenn du anfängst zu reden.«

»Dazu braucht es mehr als dich.«

»Wirklich?« Griffin lächelte, als er den Wolf in sich heraufbeschwor und den qualvollen Schmerz durch sich hindurchströmen ließ, als sein Körper sich verwandelte. In seinem Fall wurde der Virus durch reinen Willen ausgelöst. Andere Lykaner konnten sich nur bei Mondschein verwandeln.

Aber ein Alpha ... Ein Alpha befehligte den Wolf.

Als er knurrte und dem Gefangenen seine Zähne zeigte, reichte das fast aus, damit der Mann zu reden begann.

Zum Glück war es nicht so einfach. Der Idiot dachte, er könne kämpfen, und Griffin konnte einem Teil seines Frusts Luft machen.

Als Griffin das Klopfzeichen an der Tür gab, wusste er alles und nichts.

Er wusste, dass der Mann Travis McDonald hieß und vor Kurzem auf Bewährung entlassen worden war, und so hatte Antonio ihn gefunden. Offenbar verbrachte der Wichser aus Toronto einen Teil seiner Zeit vor dem Büro des Bewährungsausschusses, um Angebote zu machen.

Zehn Riesen für den Mord an Griffin.

Einen Tausender, wenn der Karton zu ihm gebracht wurde.

Was Antonios Versteck anging?

Travis hatte geschworen – und geflennt –, dass er es nicht wusste. Er hatte eine Nummer bekommen, an die er für Anweisungen schreiben sollte, wenn er erfolgreich war.

Es war nicht nötig, diese Informationen weiterzugeben, da die Kamera im Raum alles aufgezeichnet hatte. Als Griffin den Raum verließ, reichte Ulric ihm ein feuchtes Handtuch, um sich das Blut aus dem Gesicht zu wischen.

»Ich kann nicht glauben, dass Antonio versucht hat, dieses Stück Scheiße zu verwandeln«, sagte Ulric angewidert.

Den Bisswunden auf Travis' Arm nach zu urteilen hatte er es versucht, aber zum Glück war es misslungen. Ein böser Mann machte einen bösen Wolf. Nicht gerade förderlich für eine Spezies, die unauffällig bleiben wollte.

»Was sollen wir mit ihm machen?«, fragte Ulric. Billy war während des Verhörs gegangen, weil er eine Spur hatte.

»Ich denke, wir sollten unsere Bürgerpflicht erfüllen und dafür sorgen, dass dieses Stück Scheiße nie wieder jemanden belästigt.«

»Ja, Sir.« Ulric stellte den Befehl nicht infrage. Wie Griffin und viele andere im Rudel hatte er weder Geduld noch Toleranz für Arschlöcher wie Travis. Ihn dauerhaft loszuwerden würde die Welt zu einem besseren Ort machen.

Bevor Griffin zu Maeve zurückkehrte, holte er indisches Essen zum Mitnehmen von dem Restaurant die Straße runter.

Er fand sie auf einem Hocker in seiner Küche, in seinem Bademantel und mit feuchten Haaren, die ihr über den Rücken hingen.

Als er eintrat, wirbelte sie mit einem Messer in der Hand herum, bereit, sich zu verteidigen. Fast hätte er ihr die Wahrheit gesagt, dass Travis weder ihr noch sonst jemandem jemals wieder wehtun würde.

Stattdessen hielt er die Papiertüte mit dem Essen hoch und schüttelte sie. »Bring mich nicht um. Ich komme mit Essen.«

Er hätte ihr die Welt geschenkt, als sie lächelte und sagte: »Mein Held.«

KAPITEL FÜNFZEHN

Auch nach einem ausgezeichneten Abendessen machte Griffin sich nicht an Maeve ran. Damit rechnete sie die ganze Zeit. Das war auch zum Teil der Grund, warum sie seinen Bademantel angezogen hatte und nicht die Kleidung, die sie mitgebracht hatte. Während des Badens hatte sie Zeit gehabt zu entscheiden, dass sie weniger verklemmt sein musste.

Ja, Griffin handelte mit Marihuana, aber als Ärztin wusste sie genau, dass es in Kanada nicht nur legal war, sondern auch medizinische Vorteile hatte. Würde sie ihn wirklich dafür verurteilen, dass er erfolgreich mit dem Verkauf davon war?

Auch wenn seine Methode vielleicht zweifelhaft gewesen war, hatte er sie gerettet. Aber damit war sein Heldentum noch nicht zu Ende gegangen. Er hatte ihr angeboten, in seiner Wohnung zu wohnen, hatte versprochen, sie zu beschützen, ihr Essen gebracht, ihr Freiraum gelassen und ihre Grenzen respektiert. Mit anderen Worten, er hatte ihr alles gegeben, was sie brauchte.

Die gierige Maeve wollte mehr.

Dass er an ihrer Seite saß, machte ihn ihr als Mann nur allzu bewusst. Er erinnerte sie an die Lust, die seine Berührung mit sich brachte. Zu ihrer Verärgerung bestand er darauf, ein verdammter Gentleman zu sein.

So blieb ihr nur eine wirkliche Wahl.

Kühnheit.

»Wirst du mich jemals küssen?«

Er hielt mitten im Satz inne, während er eine Geschichte über die Renovierung erzählte, und starrte sie an. »Du bist wahrscheinlich müde.«

»Das bin ich. Wir sollten ins Bett gehen.« Und dann, für den Fall, dass es nicht klar war, fügte sie hinzu: »Zusammen.«

»Bist du sicher?«, fragte er, während er sie auf seinen Schoß zog.

»Ich war mir noch nie so sicher«, flüsterte sie gegen seine Lippen.

Sie schafften es nicht bis zum Bett. Ihr Kuss dauerte ewig, und sie fand sich auf der Couch liegend wieder, sein schwerer Körper auf ihr.

Sie umklammerte ihn mit den Beinen, während er sich an ihr rieb und sie einfach nur küsste, so sehr küsste, dass sie atemlos und feucht war. Ihr ganzer Körper verlangte nach mehr.

Als spürte er ihr wachsendes Bedürfnis, ließ er seine Lippen von ihrem Mund gleiten, wanderte an ihrem Kiefer entlang und dann ihren Hals hinunter. Er hielt über ihrem Puls inne, fuhr mit seiner Zunge darüber und ihr stockte der Atem.

Mit einer Hand zog er am Bademantel, öffnete ihn und drückte sich ein wenig hoch, um sie besser ansehen zu können und mit ihr zu spielen. Er strich das Tal zwischen ihren Brüsten hinunter zu ihrem Bauch, bevor er sie umfasste.

Ihre Hüften zuckten und sie hätte schwören können, dass seine Augen für eine Sekunde aufblitzten. Er tauchte ab, sodass sein Mund dem Weg seiner Hand folgen konnte. Er hielt inne, um mit seinem stoppeligen Kiefer über die weiche Haut ihres Bauches zu reiben. Sein Atem kitzelte sie, als er mit seinen Lippen über ihren Bauch und tiefer glitt. Als er heiß gegen ihren Schritt blies, zitterte sie.

»Du riechst so verdammt gut«, murmelte er. Die Worte waren ein heißes Ausatmen gegen ihr empfindliches Fleisch.

Sie zitterte und ließ ihr Bein von der Couch fallen, um sich ihm zu öffnen. Er knurrte anerkennend, als er sich an sie presste und ihr einen innigen Kuss gab.

»Oh.« Mehr brachte sie nicht heraus, als er mit der feuchten Zungenspitze ihre Schamlippen nachfuhr, sie dazwischen reizte und ihre Klitoris umspielte.

Er liebkoste sie, erforschte sie und stieß zu, bis Maeve sich an das Sofakissen klammerte und ihre Hüften anspannte, um dem Vergnügen näher zu kommen. Er leckte sie und ließ seine Zunge um ihre Klitoris kreisen, bis sie nach seinen Haaren griff.

Er lachte an ihr und reizte sie noch ein wenig, bevor er seine orale Folter fortsetzte. Kurz vor dem Abgrund wölbte sie den Rücken und doch blieb er bei ihr. Leckte. Neckte. Aber er zog sich zurück, als sie kurz davor war zu kommen.

Sie wimmerte, da ihr Verlangen zu groß wurde.

»Sieh mich an, Süße.« Eine sanfte Aufforderung.

Sie öffnete die Augen und war gefangen in seinem Blick.

»Zieh mich aus.«

Während sie einen einfachen Bademantel trug, der von ihren Schultern rutschte, als sie sich aufsetzte, blieb er vollständig angezogen. Sie griff nach seinem karierten Hemd, betrachtete die Knöpfe und dann ihn. Sie grinste.

»Ich liebe dieses Hemd«, sagte er.

»Ich kaufe dir ein neues.« Sie zerrte daran und Knöpfe platzten ab, was sie zum Lachen brachte.

Er lachte mit ihr, bevor er sie in einen weiteren Kuss zog. Aber sie war noch nicht fertig. Sie stieß gegen ihn und strich mit einer Hand über seine leicht behaarte Brust, bis sie den Bund seiner Hose erreichte.

Sie schubste ihn. »Steh auf.«

»Ja, Ma'am.« Er stand auf und sie griff nach den Knöpfen seiner Jeans, öffnete sie einen nach dem anderen und bemerkte, wie er sich anspannte und ihm der Atem stockte.

Sie zog sie herunter und fand sich seinem Schwanz gegenüber wieder, der durch seine Boxershorts nicht zurückgehalten werden konnte. Als er sie in die Wange pikste, rief er: »Ähm, das tut mir leid.«

»Warum entschuldigen?« Sie umfasste ihn und schenkte ihm ein neckisches Lächeln, bevor sie an der Spitze saugte.

Er schnappte nach Luft.

Sie saugte erneut an ihm, wobei sie darauf achtete, dass er das Wirbeln ihrer Zunge spürte.

Er stöhnte.

Sie hätte noch mehr gemacht, aber er klang gequält, als er sagte: »Wenn du nicht aufhörst, bin ich in etwa dreißig Sekunden nutzlos.«

Sie hielt inne und sah ihn an. Angesichts des Feuers zwischen ihren Beinen hätte sie sich diese Gelegenheit nur äußerst ungern entgehen lassen.

»Kondom?«, fragte sie.

Er stolperte fast, als er aus seiner Jeans stieg und in einer Tasche kramte. Es war irgendwie berauschend, dass ein so männlicher Mann sich so zu ihr hingezogen fühlte. Sie zog ihn für einen Kuss zu sich heran und streichelte seine bedeckte Erektion.

Er atmete zischend aus. »Zu kurz davor.«

»Setz dich hin.« Sie schob ihn auf die Couch und er folgte ihrem Druck, sodass sein Schwanz nach oben ragte, lang und dick. Sie setzte sich rittlings auf seine Schenkel und klemmte seine Erektion zwischen ihnen ein. Sie pulsierte, während sie sich küssten und ihre Zungen ein sinnliches Duell ausfochten.

Ihre Brustwarzen wurden hart, was er offenbar spürte, da er ihren Kopf umfasste und sie nach hinten neigte, damit er sich vorbeugen und eine in den Mund nehmen konnte. Ein Stöhnen entwich ihr, als er den Nippel mit der Zunge umspielte. Sie neigte ihre Hüften, um dort Druck auszuüben, wo sie ihn am meisten brauchte.

Sie hob sich weit genug an, dass sie seinen Schwanz nehmen und an ihrem Schritt reiben konnte. Da sie bereits feucht war, überzog sie ihn mit ihrer Erregung, bevor sie ihn in sich führte. Er grub die Finger in ihre Pobacken und spannte sich an, während sie nach unten sank. Als er tief eingedrungen war, neigte sie ihre Hüften und nahm ihn noch tiefer.

Er zitterte. »Oh mein Gott.« Seine Finger umklammerten sie fest.

»Maeve reicht auch«, neckte sie und beugte sich vor, um ihn zu küssen, während sie ihre Hüften kreisen ließ.

Sie hörte sein Stöhnen und seine unregelmäßigen Atemzüge, während sie sich auf seinem Schwanz auf und ab bewegte. Er füllte sie perfekt aus, dick genug, um sich zu dehnen, lang genug, um ihren G-Punkt zu finden. Sie zog sich um ihn herum zusammen, während sie ihn ritt. Sie wimmerte vor Lust. Verlor ihren Rhythmus dadurch.

Er rollte sie auf den Rücken, wobei er es schaffte, bis zum Anschlag in ihr vergraben zu bleiben. Er hielt ihre Hüften fest, als er den Rhythmus übernahm, in sie hineinstieß und jedes Mal die perfekte Stelle traf. Er drang immer schneller ein, wodurch sie sich immer fester zusammenzog.

Sie atmete kaum noch und spannte sich an, grub ihre Fingernägel in seine Schultern, während die Lust sie überwältigte.

Als ihr Orgasmus kam, schrie sie: »Griffin!«

Sie hätte schwören können, dass er zur Antwort heulte wie ein Wolf.

Gemeinsam kamen sie, wobei er erst schrie, dann an ihrer Haut saugte und sogar sanft hineinbiss, während er erschauderte.

»Mein«, knurrte er. Das Wort war besitzergreifend, und doch genoss sie es. Sehnte sich danach. Sie hielt sich an ihm fest, als er sie nach oben ins Bett trug und sie erneut verwöhnte.

Sie grub ihre Fingernägel in ihn, während er sie hart und schnell ritt. Ihr zitternder Körper spannte sich an, als er immer wieder ihren G-Punkt traf. Er brachte sie direkt an den Rand der Klippe zurück.

Sie konnte nicht anders, als zu schreien, als sie erneut kam, härter als je zuvor. Er schloss sich ihr an, stöhnte ihren Namen, vergrub sich bis zum Anschlag in ihr, kam zum Höhepunkt und hielt sie dann fest.

Es gab nicht viel zu sagen, selbst wenn sie genügend Luft zum Sprechen gehabt hätte. Stattdessen klammerte sie sich an ihn, ließ ihre Wange an seiner Brust ruhen, als er sich auf den Rücken rollte, und legte ihre Hand auf sein Herz, das sich Zeit ließ, um langsamer zu werden.

Getröstet und gesättigt schlief sie ein und wurde nur durch das penetrante Klingeln ihres Handys rechtzeitig zu ihrer Schicht im Krankenhaus wach.

»Igitt. Arbeit.« Sie zog eine Grimasse an seiner Brust.

»Melde dich krank«, schlug er vor und rieb sein Gesicht an ihrem Kopf.

»Ich kann nicht«, seufzte sie. »Wir haben schon jetzt zu wenig Ärzte.«

»Dann warten wir wohl bis heute Abend.«

»Wir haben Zeit für einen Quickie.« Sie rieb sich an ihm und er stöhnte, brauchte aber keine weitere Aufforderung. Er drehte sie, um von hinten in sie einzudringen, wobei er mit dem Finger ihre Klitoris bearbeitete und sie schnell zum Orgasmus brachte.

Danach keuchte sie in seinen Armen und flüsterte: »Das ist besser als jedes Frühstück.«

»Nur, weil du meine Pfannkuchen noch nicht gegessen hast.« Er biss ihr leicht in die Schulter. »Geh duschen, während ich dein Frühstück vorbereite.«

»Das musst du nicht«, antwortete sie schnell. »Normalerweise trinke ich nur einen Kaffee.«

»Heute nicht. Geh.« Jegliche Gedanken an Widerworte lösten sich auf, als er aus dem Bett aufstand und durch ihr Blickfeld schritt – sein praller, nackter Hintern war wirklich ein herrlicher Anblick.

Wenn er darauf bestand ... dann würde sie es genießen. Es kam nicht oft vor, dass jemand sie verwöhnte. Eigentlich tat außer Brandy niemand etwas für Maeve. Sie hatte keine lebende Familie. Ihre Arbeit ließ kein aktives Sozialleben zu, also hatte sie nur wenige Freunde.

Es hatte schon etwas für sich, in eine Küche zu

gehen und ein Glas Orangensaft neben einer vollen Tasse Kaffee vorzufinden. In dem Moment, in dem sie sich setzte, schob Griffin, der nur Boxershorts trug, einen Teller mit den fluffigsten Pfannkuchen und Speck vor sie hin. Der Mann hatte sogar echten Ahornsirup.

Beim ersten Bissen stöhnte sie und murmelte: »Ich glaube, ich liebe dich.« Nur um dann zu erstarren.

Das tat er auch, aber nur für eine Sekunde, bevor ein Lächeln seine Mundwinkel umspielte. »Ich werde dein Kompliment an den Koch weitergeben.« Er verwandelte ihren peinlichen Ausrutscher in die unbeschwerte Aussage, die es eigentlich sein sollte.

Aber es blieb bei ihr hängen, vor allem, weil sie sich möglicherweise tatsächlich gerade verliebte.

Als er darauf bestand, sie zur Arbeit zu fahren, protestierte sie. »Das musst du nicht tun. Es ist nicht weit und das Krankenhaus ist normalerweise sehr sicher, vor allem tagsüber.«

Sie dachte, er würde widersprechen, aber er nickte. »Tut mir leid. Ich will nicht überfürsorglich sein.«

Da es ihr gefiel, dass er sich Sorgen machte, schlug sie einen Kompromiss vor. »Ich schicke dir eine SMS, sobald ich da bin.«

»Das solltest du auch.« Er drückte ihr einen leichten Kuss auf die Lippen und begleitete sie zu ihrem Fahrzeug, das er in der Gasse zwischen den Gebäuden geparkt hatte.

Sie sah in ihrem Rückspiegel, dass er sie beim Wegfahren beobachtete, und lächelte, als er ihr zuwinkte. Seltsam, wie schnell sie sich mit ihm verbunden fühlte. Als sie ihm eine SMS aus dem Krankenhaus schrieb, antwortete er ihr sofort: *Hab einen schönen Tag, Süße. Wir sehen uns heute Abend. Steak zum Abendessen?*

Alle möglichen Antworten kamen ihr in den Sinn. *Ich würde lieber dich essen. Lass mich kochen. Bist du sicher, dass ich dir nicht zur Last falle?* Aber sie blieb bei der einfachsten und ehrlichsten: *Ja.*

KAPITEL SECHZEHN

Obwohl es Griffin nicht gefiel, dass Maeve sich außer Reichweite seines Schutzes befand, beruhigte ihn die Tatsache, dass Dorian es geschafft hatte, sich in das Sicherheitssystem des Krankenhauses zu hacken, was ihm erlaubte, Maeve bei der Arbeit zu sehen – und zwar sicher. Und, nein, es war kein Stalking. Er beobachtete sie nur, falls sie in Schwierigkeiten geriet. Er würde es Antonio und seiner Bande von Schlägern zutrauen, etwas Drastisches zu tun, wie in das Krankenhaus einzudringen, um sie zu entführen.

Die Nachricht, die sie über Travis' Handy geschickt hatten – *Habe den Karton von der Ärztin bekommen. Wo sollen wir uns treffen?* –, hatte keine Antwort gebracht.

Hatte Travis gelogen oder hatte Antonio den verdammten Karton bereits? Wenn das der Fall war, sollte Maeve in Sicherheit sein.

Sollte war nicht gut genug. Nicht angesichts des

düsteren Bildes, das Travis von Antonios Handeln gezeichnet hatte. Auch wenn der Mann einige der feineren Details nicht verstanden hatte – weil der Lykanerbiss fehlgeschlagen war –, so hatte er doch genug erzählt, damit Griffin wusste, dass Antonio noch nicht mit Griffins Stadt fertig war. Wie viele andere Gauner wie Travis hatte der Mistkerl versucht zu verwandeln? Was wiederum zu der Frage führte: Wie viele hatten es geschafft, Lykaner zu werden, und wie viele waren gescheitert?

Letzteres wurde ihm von Billy beantwortet, der anrief, um ihn darüber zu informieren, dass die Leichenhalle aktuell mehrere Leichen beherbergte, alle in Quarantäne, da es Berichte gab, dass die Verstorbenen vor ihrem Tod gekrampft und Schaum vor dem Mund gehabt hatten. Blutuntersuchungen ergaben, dass sie keine Drogen im Körper hatten, und die einzige Verletzung schien ein Tierbiss zu sein. Insgesamt fünf Tote, von denen sie bisher wussten.

Verdammte fünf! Wie viele Leute hatte Antonio gebissen? Es beunruhigte Griffin, sich einzugestehen, dass sie keine Ahnung hatten, wie groß Antonios Bande sein könnte.

Um die Mittagszeit trafen die Cousins vom Land mit einigem Klopfen auf den Rücken und dem Versprechen ein, die Stadt nach Wölfen zu durchsuchen. Aber Ottawa war kein kleines Provinznest. Lykaner unter der nicht infizierten menschlichen Bevölkerung aufzuspüren wäre fast unmöglich. Trotzdem beruhigte es Griffin sehr, sie in der Nähe zu haben.

Wendell und Bernard mochten vielleicht eine gemeinsame Vergangenheit haben, die Ersteren verbittert gemacht hatte, aber selbst ihr Buchhalter konnte nicht leugnen, dass die Jungs vom Land die besten Fährtenleser waren, die es gab.

Und verdammt nervig. Griffin machte den Fehler, sie in seiner Wohnung in Kenntnis zu setzen, was dazu führte, dass sie Maeves Existenz erschnüffelten. Sein Cousin Benoit begann mit dem Verhör.

»Ist sie heiß?«

»Ja, also halt dich fern«, warnte Griffin.

»Hat sie eine Schwester?« Benoit gab nicht auf.

»Scheiß auf die Schwester, wie ist ihre Mutter?« Cousin Baptiste, knapp dreißig, mochte die älteren Damen.

Nur Basile, der immer noch mit der Mutter seiner Kinder verheiratet war, machte bei den derben Sticheleien nicht mit. Er schüttelte den Kopf. »Es ist ein Wunder, dass ihr noch einen Schwanz habt. So wie ihr immer rumvögelt, hätte ich erwartet, dass sie abfaulen.«

»Du bist nur neidisch auf unsere Vielfalt.«

Daraufhin schnaubte Basile. »Guter Sex, der keinen Ausschlag verursacht, ist mir allemal lieber.«

»Ich nehme nicht an, dass wir dazu kommen können, warum ich euch hierhergerufen habe?«, unterbrach Griffin.

»Bertrand sagt, du wurdest angeschossen«, erwiderte Bernard.

Mit einem Nicken erzählte Griffin ihnen, was

bisher geschehen war. Er ließ nichts aus und schloss mit den Worten: »Dieser Wichser ist gefährlich. Er hält sich nicht an die alten Sitten. Er benutzt Schusswaffen. Er beißt wahllos Leute. Er ist eine Bedrohung, die aufgehalten werden muss.«

Bernard nickte. »Allerdings. Keine Sorge, ich und die Jungs werden den Mistkerl finden.«

»Nicht nur ihn. Wir müssen alle aufspüren, die er gebissen hat.«

Ein Alarm auf seinem Handy veranlasste ihn, es zu überprüfen und zu schnauben: »Maeve ist hier. Ihr müsst alle verschwinden.«

»Was ist los? Schämst du dich für deine Hinterwäldlerfamilie?«, schimpfte Benoit.

»Ich will nur nicht, dass ihr Schwanzblocker sie verschreckt.«

»Na, scheiße, ich glaube, unser Junge ist verliebt.« Baptiste musterte ihn schockiert.

»Und wenn ich es bin?«

Das führte zu noch mehr runden Augen und dann ging das Geschubse los, als sie versuchten zu entkommen.

Alle außer Basile.

»Was zum Teufel ist los mit denen?«, fragte Griffin.

»Du verliebst dich.«

»Und wenn schon?«

»Diese Idioten haben Angst, dass es ansteckend sein könnte.«

»Ernsthaft?« Die Tür knallte hinter seiner Familie

zu. Er betrachtete Basile. »Wieso ist es schlecht, mit jemandem sesshaft werden zu wollen?«

»Das ist es nicht. Ich weiß das, und du bist dabei, das herauszufinden, aber diese Idioten haben das noch nicht begriffen.« Basile klopfte ihm auf die Schulter. »Ignoriere sie. Helene zu finden war das Beste, was mir je passiert ist. Also Glückwunsch, entspann dich und genieße es.«

»Wie kann ich es genießen, wenn sie in Gefahr ist?«, grummelte er.

»Keine Angst, Cousin. Wir werden dafür sorgen, dass niemand deiner Lady etwas antut.«

Deiner Lady.

Seiner Frau.

Meiner Süßen.

Basile verschwand durch den geheimen Eingang, gerade als Maeve den Laden betrat. Er sprang praktisch die Treppe hinunter, um ihr entgegenzukommen. Sie stand an der Kasse und unterhielt sich mit Wendell, der für sie den guten alten Jungen spielte.

»Sieht so aus, als müsste ich deinen Verehrer nicht anpiepsen. Er ist hier.« Wendell drehte sich zu Griffin um und grinste, als er ihn dabei erwischte, wie ungeduldig er war, Maeve zu sehen.

Eine einfache Begrüßung, und doch zog er sie in seine Arme und murmelte: »Ich habe dich vermisst.«

»Ich dich auch«, gab sie schüchtern zu.

Er küsste sie, ein Kuss, der vielleicht ewig angehalten hätte, wenn Wendell sich nicht geräuspert hätte. »Nehmt euch ein Zimmer.«

Griffin warf dem älteren Mann – der von einem Ohr zum anderen grinste – einen bösen Blick zu.

Maeve kicherte. »Tut mir leid.«

»Sollen wir nach oben gehen?«, fragte Griffin.

Ihre geröteten Wangen und ihr Nicken waren die einzige Antwort, die er brauchte. Er nahm ihr die Tasche ab, und als sie protestierte: »Ich kann sie tragen«, knurrte er.

»Du hast den ganzen Tag hart gearbeitet. Es ist Zeit für dich, dich zu entspannen.«

Trotz des anstrengenden Tages hatte er es geschafft, Steaks, gefüllte Ofenkartoffeln und einen Salat liefern zu lassen. Er zeigte ihr seine Terrasse auf dem Dach mit dem Grill und der Propanfeuerschale. Sie setzte sich mit zufriedener Miene daneben.

Verdammt, er war zufrieden, wenn er für seine Frau kochte, sie nach ihrem Tag fragte und ihr die Höhepunkte des seinen erzählte, bis auf die Rudelgeschäfte.

Während sie aßen, unterhielt er sie mit Geschichten über seine Cousins, die zu Besuch waren. Sie lachte und der Glanz in ihren Augen war nicht nur auf den Wein zurückzuführen. Danach hatte es etwas für sich, auf der Couch zu sitzen, sich *Yellowstone* anzusehen – es stellte sich heraus, dass sie beide die Sendung liebten – und zu kuscheln. Sich zu küssen. Irgendwann unterbrach er die Sendung, um sich auf den Boden zwischen ihre Beine zu knien und ihr zu zeigen, wie sehr er sie wirklich vermisst hatte.

Sie musste ihn auch vermisst haben, denn sie kam

ein zweites Mal, als sie auf seinem Schwanz saß und seinen Namen rief.

Später, als sie in einem Gewirr von Gliedmaßen auf der Couch lagen, wurde es ernst. »Ich habe heute noch nichts von dem Detective gehört. Du?«, fragte sie.

»Ich habe ihn angerufen und er sagte, wir sollen uns keine Sorgen machen. Die Kaution wurde abgelehnt. Der Typ, der dich angegriffen hat, wurde mit mehreren Haftbefehlen gesucht. Er wird nirgendwo hingehen.«

Sie seufzte. »Das ist eine Erleichterung. Meinst du, das ist das Ende?«

»Das kommt darauf an, ob sie wissen, dass du den Karton nicht mehr hast.«

»Ich versuche immer noch herauszufinden, wie er gestohlen wurde. Ich meine, ich habe ihn direkt vom Haus zur Arbeit mitgenommen. Die einzigen Orte, an denen ich noch war, waren dein Geschäft und der Lebensmittelladen, beides nur für ein paar Minuten. Als ich wieder nach Hause kam, war er weg.«

»Ich nehme an, du hast an deinem Wagen keine Anzeichen dafür gesehen, dass sich jemand daran zu schaffen gemacht hat?«

Sie schüttelte den Kopf.

»Hat sonst noch jemand einen Schlüssel dafür?«

»Brandy.« Daraufhin weiteten sich ihre Augen. »Sie weiß von dem Karton. Ich habe ihr erzählt, dass mein Vater gestorben ist und mir ein paar alte Sachen hinterlassen hat.«

»Du denkst, sie könnte ihn haben?«

»Ich wüsste nicht, warum sie ihn nehmen sollte.«

»Wäre sie sauer, wenn du sie danach fragst?«

»Aber warum sollte sie ihn haben?«

Bevor sie ihrer Freundin eine SMS schreiben konnte, hämmerte jemand an seine Tür.

Maeve sprang von der Couch auf und suchte nach ihren verstreuten Klamotten.

Bumm, bumm.

Er riss eine Decke von der Stuhllehne und reichte sie ihr, damit sie sie um sich wickeln konnte. »Geh nach oben. Ich kümmere mich darum.«

»Wer ist es?«

»Wahrscheinlich meine Verwandten. Ich habe dir doch gesagt, dass sie zu Besuch sind.«

»Oh. Tut mir leid. Du willst wahrscheinlich mit ihnen abhängen.«

»Ha. Sagt jemand, der sie noch nie getroffen hat. Glaub mir, ich würde lieber Zeit mit dir verbringen.« Er drückte ihr einen Kuss auf den Mund. »Geh duschen oder so. Ich werde sie los und komme dann zu dir.«

Sie lächelte. »Nur keine Eile. Ich springe wieder in diesen Pool, den du als Badewanne bezeichnest.«

Sie eilte davon, die Decke um sich gewickelt, und er sah ihr nach, bis ihre Füße auf der Treppe außer Sichtweite waren, bevor er zur Tür ging und sie öffnete.

Basile stolperte herein und stützte Onkel Bernard. Einen blutenden Onkel Bernard.

»Was zum Teufel ist passiert?« Es kostete ihn all seine Beherrschung, nicht zu schreien. Er wollte Maeve nicht erschrecken.

»Ich wurde angeschossen«, sagte Bernard, bevor er mit dem Gesicht voran zu Boden fiel.

KAPITEL SIEBZEHN

Maeve musterte die Wanne und dann die Treppe in den ersten Stock hinunter. Sie hatte keinen Zweifel daran, dass Griffin seine Familie loswerden würde, um bei ihr zu sein. Aber das schien nicht richtig zu sein. Sie sollte nach Hause fahren und ihnen Zeit lassen.

Ein spitzer Schrei veranlasste sie dazu, den Hahn abzudrehen und zu lauschen. Was, wenn Griffin sich geirrt hatte und der Ärger ihr hierher gefolgt war? Sie wollte ihm nicht mit nichts als einer Decke bekleidet begegnen. Sie machte sich auf den Weg zu ihrer Tasche.

Sie wirbelte herum, als sie das leise Geräusch von Schritten hörte. Griffin erschien am oberen Ende der Treppe und sah besorgt aus, aber es war das Blut auf seinem Hemd, das ihre Augen groß werden ließ.

»Geht es dir gut? Was ist passiert?« Sie eilte zu ihm und legte ihm eine Hand auf die Brust.

»Mir geht es gut. Aber meinem Onkel nicht.« Er

rieb sich mit einer Hand über den Kiefer. »Er wurde angeschossen.«

Bei dieser Aussage fiel ihr die Kinnlade herunter, während ihr allerhand Fragen durch den Kopf gingen. Später. Zuerst hatte sie eine Aufgabe zu erledigen. Einen Eid zu erfüllen. »Ich nehme an, es wäre dir lieber, wenn er nicht ins Krankenhaus kommt.«

»Das würden wir vorziehen.«

Anstatt zu urteilen, wurde sie zur Ärztin. »Ich brauche den Verbandskasten aus dem Kofferraum meines Wagens. Ich habe meinen Schlüssel auf dem Tisch neben deiner Tür liegen lassen«, erklärte sie, während sie in ihrer Reisetasche kramte und ein paar bequeme Klamotten herausholte.

»Schon dabei.« Griffin ging die Treppe hinunter und einen Moment später stand sie barfuß, in Trainingshose und OP-Hemd zwei Fremden gegenüber.

Ein älterer Mann lag auf dem Boden, sein Haar war dunkelgrau und mit weißen Streifen durchzogen. Ein jüngerer Mann kniete neben ihm.

Er begegnete ihrem Blick. »Du musst Griffins Arztfreundin sein. Ich bin Basile. Das ist mein Vater Bernard.«

»Nenn mich Maeve. Was ist passiert?«, fragte sie und ging zur Spüle, um sich die Hände zu waschen.

»Er wurde angeschossen.«

Sie verdrehte fast die Augen, als sie ihre Hände mit einem Papiertuch abtrocknete. »Offensichtlich. Wie oft? Wo?« Eigentlich wollte sie fragen von wem, aber im Moment beschränkte sie sich auf die wichtigsten Details.

»*Le trou du cul* hat ihn in den Bauch getroffen. Entschuldige bitte meine Ausdrucksweise.«

»Ich würde sagen, das ist verständlich, wenn man bedenkt, was passiert ist.« Sie ließ sich gegenüber von Basile auf die Knie fallen. Er hatte das Hemd des anderen Mannes hochgezogen und übte Druck auf die Wunde aus.

Griffin würde hoffentlich nicht lange brauchen. Aber je nach Schwere der Verletzung war das vielleicht auch egal. Sie hatte kein komplettes Operationsbesteck in ihrer Notfalltasche.

»Lass mich mal sehen.« Sie bedeutete Basile, seine Hand zu entfernen. In dem Moment, in dem der Druck nachließ, begann die Wunde zu bluten – es spritzte nicht, immer ein gutes Zeichen –, und das Blut war sauber, nicht schmutzig oder übel riechend, was ebenfalls positiv zu verzeichnen war. Sie schob eine Hand unter sein Kreuz, um sicherzugehen, bevor sie sagte: »Die Kugel steckt noch in ihm.«

»Ja, und es tut verdammt weh. Die Mistkerle benutzen Silber«, schnaufte der Verletzte.

»Ich glaube, es ist egal, woraus die Kugeln bestehen. Sie tun alle weh«, scherzte sie. »Sie muss raus.«

»Tu es«, grunzte Bernard.

»Das ist der Punkt, an dem ich empfehle, einen Krankenwagen zu rufen. Sie können dich an eine Infusion anschließen und ein Team im Krankenhaus sowie einen OP-Saal vorbereiten.«

»Was werden sie tun, was du nicht kannst?«, fragte Bernard.

»Dich betäuben.«

»Pah. Das ist nur eine Fleischwunde.«

»Papa *ce n'est pas le temps*«, murmelte Basile.

»Es ist immer ein guter Zeitpunkt, um Monty Python zu zitieren, und kein Französisch in der Nähe der Dame. Das ist unhöflich«, tadelte Bernard seinen Sohn.

»Das ist in Ordnung«, warf Maeve ein. »Ich verstehe ein paar Brocken davon, da wir so nahe an der Grenze zu Quebec sind.«

»Basile, hol mir etwas von Griffs gutem Zeug. Die Flaschen, die er über dem Kühlschrank versteckt hat.«

»Ja, Papa.« Der junge Mann – sofern man dreißig Jahre jung nennen konnte – stand auf und ging in die Küche.

»Ich bezweifle, dass der Schnaps schnell oder stark genug wirkt, um dir zu helfen«, riet sie und betrachtete nun die Wunde, die nur noch schwach blutete. Normalerweise war das ein beunruhigendes Zeichen, aber der Verletzte war bei Bewusstsein und bei klarem Verstand.

Er lächelte sogar, als Basile mit einer Flasche in jeder Hand zurückkam.

»Ah, der Bourbon.« Bernard streckte eine Hand aus, um sich selbst mit dem Alkohol zu betäuben, aber Basile musste sich hinknien und ihn so weit aufstützen, dass er ihn tatsächlich trinken konnte.

Bernard war gerade dabei zu schlucken, als Griffin

mit Wendell auftauchte, den sie schon früher am Tag kennengelernt hatte und der viel netter war als der Junge, der am Tag zuvor so unhöflich gewesen war.

Wendells Gesicht wurde blass, als er Bernard auf dem Boden sah. Schnell tobte er: »Was für einen verdammten Schwachsinn hast du jetzt wieder angestellt, Bernie?«

Es war Basile, der antwortete: »Er dachte, er könnte seinen Körper als Schutzschild benutzen.«

»Pah. Besser, es wird auf mich geschossen als auf den Mann mit vier Kindern.«

Maeve musterte Griffin, der ihr schnell ihre Tasche brachte. Sie zog eine Flasche mit Antiseptikum heraus.

»Das wird brennen«, warnte sie, bevor sie es auf die Wunde kippte.

Bernard verzog das Gesicht. »Das ist nicht das Schlimmste, was mir bisher passiert ist.«

»Weißt du noch, als du dir die komplette linke Seite auf der Straße aufgeschürft hast, weil es dir zu heiß war, um deine Lederkluft zu tragen?« Wendell saß auf dem Boden und erregte Bernards Aufmerksamkeit, während Maeve das gereinigte Einschussloch betrachtete.

Ohne zu fragen, reichte Griffin ihr die Pinzette aus der Tasche. Sie stocherte herum und Bernard holte tief Luft, antwortete aber trotzdem: »Ich hätte die Kurve geschafft, wenn nicht diese blöde Schildkröte die Straße überquert hätte.«

»Du hattest einen Unfall, anstatt eine Schildkröte zu überfahren?«, rief Basile aus.

»Ich bin gestürzt, weil ich die Schildkröte überfahren habe«, gab Bernard widerwillig zu.

»Karma«, erklärte Wendell.

»Karma war, dass ich sie später als Suppe hatte.«

Durch den Schock über diese Antwort ließ Maeve beinahe die Kugel fallen, die sie herausgezogen hatte. Andererseits hatte sie schon Schlimmeres gehört und gesehen. Die Dinge, die Leute mit ihren Körpern anstellten ...

»Ah, so ist es besser. Das verdammte Silber brennt.« Bernard wollte sich aufsetzen, woraufhin sie sich auf ihn stürzte.

»Leg dich hin. Wir sind noch nicht fertig.«

»Was meinst du mit nicht fertig? Die Kugel ist raus.«

»Ich habe dich noch nicht genäht.«

Bernard rollte mit den Augen. »Pah, mach ein Pflaster drauf. Ich komme schon klar.«

»Wie ich sehe, liegt Dummheit in deiner Familie«, murmelte sie in Griffins Richtung, aber alle drei Männer hörten es und lachten.

»Wir sind einfach härter als normale Leute.« Bernard zwinkerte. »Wir haben außerdem auch mehr Durchhaltevermögen. Aber ich wette, das weißt du schon.«

Ihre Wangen wurden rot. »Du solltest wirklich in ein Krankenhaus gehen, und sei es nur, um dich röntgen zu lassen und einen Ultraschall zu machen, um sicherzugehen, dass es keine inneren Verletzungen gibt.«

»Ich werde schon wieder gesund werden. Gib mir ein bequemes Bett und noch ein paar Schluck Bourbon und ich werde wie ein Welpe schlafen. Und so gut wie neu aufwachen.«

Trotz des Protestes seines Vaters half Basile dem Mann auf die Beine. »Danke, Doktor.«

»Ja, ich danke dir. Zeit, wieder an die Arbeit zu gehen«, erklärte Bernard.

»Er sollte sich ausruhen«, sagte Maeve.

»Ausruhen ist etwas für alte Leute«, antwortete Bernard prustend.

»Wir *sind* alt«, entgegnete Wendell.

»Ich werde ihn ins Hotel fahren und auf ihn aufpassen«, bot Basile an, aber Wendell schüttelte den Kopf. »Kein Grund, Aufmerksamkeit zu erregen. Er wird bei mir bleiben. So kannst du zu deinen Brüdern zurückkehren.«

Brüder, die nicht hier waren, was in Maeve die Frage aufwarf, wo sie waren und was sie taten. Sie konnte nicht umhin, einen Blick auf Griffin zu werfen, der ebenfalls kürzlich angeschossen worden war. In was war sie da hineingeraten?

War es zu spät, um auszusteigen? Filme über die Mafia ließen das unwahrscheinlich erscheinen.

»Ich will nicht bei dir bleiben«, brummte Bernard.

Wendell gluckste wie ein Huhn, ein so unerwartetes Geräusch, dass sie ihn alle anstarrten, aber es war Bernard, der sich unbehaglich bewegte. Wurde der Mann etwa rot?

»Gut. Ich bleibe in deiner makellosen Bude, denn

ich bin sicher, dass du ein noch ordentlicherer Freak bist als früher.« Bernard willigte nur widerwillig ein.

»Es wird dich vielleicht überraschen zu erfahren, dass ich mich verändert habe.«

»Oh ja«, schnaubte Bernard. »Ich wette, du spülst immer noch nach jeder Mahlzeit das Geschirr ab.«

Als sie zur Tür hinausgingen, hörten sie, wie Wendell entgegnete: »Um Fruchtfliegen zu vermeiden. Eklige Dinger.«

Basile fuhr sich mit einer Hand durch die Haare. »Zum Glück hat Wendell ihn genommen, denn ich bezweifle, dass er auf mich gehört hätte.«

Maeve sah ihre Chance und fragte: »Was ist passiert? Wie wurde er angeschossen?«

Anstatt zu antworten, warf Basile einen Blick auf Griffin, der murmelte: »Geh zu deinen Brüdern. Ich kümmere mich darum.«

Mit *darum* war Maeve gemeint. Sie verschränkte die Arme und funkelte ihn an, als Basile ging.

»Was ist hier los?«, fragte sie.

»Es wird dir nicht gefallen.«

»Das überrascht mich nicht. Und wie viel schlimmer kann es schon sein? Dein Onkel wurde angeschossen. Das hat wieder mit mir und diesem blöden Karton zu tun, oder?«

»Ja. Und nein.« Er steckte die Hände in die Taschen und fing an, enge Kreise zu ziehen. »Es ist kompliziert.«

»Wie wäre es, wenn du versuchst, es zu erklären?«

»Das kann ich nicht.«

»Weil du in der Mafia bist.« Er leugnete es nicht, woraufhin sie schwer ausatmete. »Unglaublich. Endlich treffe ich einen Mann, an den zu denken ich nicht aufhören kann, der großartig im Bett ist, und er ist ein verdammter Krimineller.«

»Nicht in dem Sinne, wie du denkst. Ich schieße nicht auf Leute, breche ein und terrorisiere sie.«

»Aber deine Welt kreuzt sich mit Leuten, die das tun. Und mein Vater war ein Teil davon.« Sie ging zum Beistelltisch und den Haken, schnappte sich ihre Handtasche, sah aber ihren Schlüssel nicht auf dem Tisch. »Den Schlüssel, bitte.« Sie streckte eine Hand aus.

»Süße, geh nicht. Wir können darüber reden.«

»Und was genau sagen? Ich will nichts mit dem zu tun haben, in was auch immer du verwickelt bist. So einfach ist das.« Eigentlich nicht, denn es würde etwas in ihr zerbrechen, wenn sie sich von einem Mann trennte, bei dem sie sich so gut fühlte.

»Es ist nicht immer so. Eigentlich ist es das erste Mal, dass es so schlimm ist. Es wird bald enden.«

»Wie enden? Indem jemand anderes angeschossen wird? Stirbt? Ich bin fertig.«

»Wohin wirst du gehen? Du kannst nicht nach Hause gehen. Du bist immer noch in Gefahr.«

»Ich werde einen Ort finden. Ich bin nicht dein Problem. Jetzt, Schlüssel.« Sie wackelte mit ihren ausgestreckten Fingern.

Mit angespanntem Körper und ruckhaften Bewegungen ließ er ihn in ihre Handfläche fallen. »Wenn du mich brauchst, schreib einfach eine SMS. Oder ruf an. Ich werde zu dir kommen.«

»Ich kann auf mich selbst aufpassen. Das heißt, du spionierst mir nicht nach.«

Er presste die Lippen aufeinander. »Ich würde dir nie wehtun.«

»Vielleicht nicht absichtlich.« Der leise Seitenhieb ließ ihn scharf einatmen. Sie biss sich auf die Wange, anstatt sich zu entschuldigen, denn sie glaubte nicht wirklich, dass er ihr etwas antun würde. Er war nichts als zärtlich gewesen. Frustrierend, ja, aber auch lieb und nett.

Der wahre Test für seinen Charakter wäre, wenn er sie gehen ließe.

Er sollte besser nicht versuchen, sie zum Bleiben zu zwingen.

Sie ging allein die Treppe hinunter und tippte den Code ein, um das Gebäude durch die Tür zur Gasse zu verlassen. Er hatte ihr sofort den Zugang gewährt. Er hatte keine Bedenken, ihr zu vertrauen.

Aber sie konnte ihm nicht völlig vertrauen. Er hütete ein Geheimnis. Ein großes. Sie weigerte sich, die dumme Frau zu sein, die so tat, als würde sie es nicht sehen. Sie verdiente Besseres.

Warum tat es ihr dann so weh, dass er ihr nicht folgte, kein Wort sagte und sie einfach gehen ließ? Ein Teil von ihr hatte ehrlich gesagt gedacht, er würde protestieren.

Ihr Wagen war noch in der Gasse geparkt, die Umgebung war hell erleuchtet, eine Kamera, die alles sah, war auf sie gerichtet. Beobachtete er sie? Sie wusste, dass er in seinem Schlafzimmer in einer Ecke, die als Büro diente, viele Computer aufgestellt hatte.

Sie schaute nicht in die Linse, vor allem, weil es ihr im Nacken kribbelte. Jemand beobachtete sie. Sobald sie nahe genug an ihrem Wagen war, schloss sie die Tür mit dem Schlüsselanhänger auf und setzte sich schnell hinter das Lenkrad. Sie drückte auf den Knopf, um die Türen zu verriegeln, bevor sie den Motor startete.

Aus irgendeinem Grund sah sie immer wieder in den Rückspiegel, während sie langsam zum Ausgang der Gasse rollte. Er lief ihr nicht hinterher, um sie darum zu bitten zurückzukommen.

Auf Nimmerwiedersehen.

Idiot.

Zum Glück hatte Brandy Eiscreme, die man perfekt essen konnte, während man über Männer lästerte.

KAPITEL ACHTZEHN

»Verlasse auf keinen Fall deinen Posten«, knurrte Griffin ins Handy. Er telefonierte mit Ulric, der Maeve gefolgt war, als sie die Flucht angetreten hatte.

Er konnte es ihr nicht verübeln. Sie war in eine gefährliche Situation geraten, die sie nicht selbst verschuldet hatte, und Griffin hatte sie nicht davor schützen können. Vielleicht war es das Beste, dass sie etwas Abstand zwischen sie brachte, denn das Problem mit Antonio hatte sich noch verschlimmert.

Zuvor hatten sich die Cousins und sein Onkel auf Basis einer Vermutung auf die Suche nach dem Unruhestifter aus Toronto gemacht.

»Du hast eine feige Ratte in deinem Rudel«, behauptete Onkel Bernard.

»Meine Leute sind loyal«, sagte Griffin, nur um sich an die zu erinnern, die er erst kürzlich rausgeschmissen hatte.

Bernard wies ihn darauf hin, bevor er sich korrigieren

konnte. »Nicht alle von ihnen. Du hast an dem Tag, an dem die Ärztin hierherkam, jemanden aus dem Rudel geworfen. An dem Tag, an dem sie den Karton verloren hat.«

Griffin brauchte seinen Onkel nicht, um die restlichen Teile zusammenzusetzen, aber dennoch überlegte er. »Lonnie kann den Karton nicht gestohlen haben, denn er war derjenige, der ihr sagte, sie solle verschwinden.«

»Und dann hat er den Laden kurz darauf verlassen. Ist sie von hier aus direkt nach Hause gefahren?«

»Nein. Sie hat an dem Lebensmittelladen die Straße hoch gehalten.« An dem Lonnie auf seinem Heimweg nach seiner Entlassung vorbeigekommen sein könnte. Hatte er den Karton gestohlen?

Diese Möglichkeit hatte ausgereicht, um seine Cousins vom Land auf die Suche zu schicken. Sie besuchten Lonnies Kellerwohnung und fanden ihn tot vor – an einen Stuhl gefesselt und gefoltert. Außerdem fanden sie die Überreste eines zerfetzten Kartons, aber es war genug des Aufklebers übrig geblieben, um Maeves Adresse zu erkennen. Überall hatten Fotos gelegen, viele von ihnen zertrampelt, einige zerfetzt, aber die meisten waren noch so intakt, dass man Russell, den toten Alpha aus Toronto, hatte erkennen können.

Die Wohnung wies Spuren einer Durchsuchung auf. Schubladen waren herausgerissen und ausgeleert worden. Die Matratze war umgedreht. Warum hatte man alles durchwühlt?

Basile hatte Lonnies Handy gefunden, und zum

Glück war die Leiche noch frisch genug gewesen, dass der Daumenabdruck, der zum Entsperren nötig war, funktionierte. Die SMS hatten ein vernichtendes Bild gezeichnet. Lonnie hatte sich monatelang mit jemandem unterhalten, den er Big Dog nannte, noch bevor er zu Griffin gekommen war, um um einen Platz im Rudel zu betteln.

Ein Spitzel. Ein Spion von innen.

Wut und Scham brannten in Griffin, weil er den verdammten Scheißkerl hereingelassen hatte.

Aber die vernichtendste SMS? Big Dog hatte gefragt: *Wo wird dein A heute Abend sein?* Lonnie hatte sofort geantwortet und den Namen der Kneipe genannt, in der Griffin sich in der Nacht, in der er angeschossen worden war, aufgehalten hatte. Der Wichser hatte ihn reingelegt.

Als dieser Mordversuch gescheitert war, hatte Lonnie versucht, Big Dog über den Aufenthaltsort von A zu informieren, aber Griffin hatte niemandem von Maeve erzählt.

Lonnie hatte jedoch Big Dog geschrieben, dass die Ärztin im Laden vorbeigeschaut hatte, um Griffin zu sehen. Lonnie hatte also im Wesentlichen auch den anschließenden Einbruch in ihr Haus eingefädelt.

Das war aber noch nicht das Ende der Geschichte. Eine Stunde später meldete sich Lonnie erneut und verlangte von Big Dog, ihm das ganze Geld zu bringen, weil er hatte, was Big Dog wollte. Und dann hatte der Idiot gewartet. Das kostete ihn das Leben und ließ eine einzige Frage offen: Hatten Lonnies Mörder gefunden, was sie suchten? Sie hatten seine Wohnung bei ihrer Suche verwüstet und es gab keine Möglichkeit herauszufinden, ob sie erfolgreich gewesen waren.

Die Cousins hatten alle Bilder mitgenommen, aber alles andere unberührt gelassen, um der Polizei den Weg zu bereiten, einschließlich einiger leerer Tüten, die nach Gras rochen. Angesichts seines ehemaligen Arbeitsplatzes würden die Polizisten davon ausgehen, dass der Angestellte eines Cannabis-Ladens Ware abgeschöpft und nebenbei verkauft hatte. Er hatte sein Leben bei einem schiefgelaufenen Drogendeal verloren.

Nachdem Griffins Cousins die perfekte Deckung geschaffen hatten, verließen sie die Wohnung. In diesem Moment hatte jemand zu schießen begonnen und die Gewehrschüsse ließen sie in Deckung gehen. Bernard hatte einen heldenhaften Vater-Moment abgezogen, indem er sich vor seinen Sohn warf und dabei angeschossen wurde. Während Basile sich um ihn gekümmert und zu Griffin gebracht hatte, hatten Baptiste und Benoit den Schützen verfolgt, als könnte dieser den zweibeinigen Wölfen entkommen. Sie hatten ihn in einer Gasse zu Fall gebracht, niedergeschlagen und dann dort gewartet, in dem Wissen, dass jemand die Polizei gerufen haben musste.

Die Polizei war mit Blaulicht, aber ohne Sirene, langsam die Straße rauf und runter gefahren und dann wieder verschwunden, nachdem sie niemanden und nichts Ungewöhnliches gesehen hatten.

Sobald die Luft rein war, brachten die Cousins den

Täter zum Verhör in Lonnies Wohnung – ein Verhör, das er nicht überleben würde. Er würde Teil des Tatorts werden, nicht nur, weil es keine Vergebung für seine Taten gäbe, sondern auch, damit er die Klappe hielt.

Jetzt hielten die Cousins den Täter für Griffin fest. Nicht gerade seine Vorstellung einer spaßigen Nacht, aber jetzt, da Maeve weg war – und von dem wachsamen Ulric beschützt wurde –, konnte Griffin ein Ventil für seinen Frust gebrauchen. Die Sache mit Antonio musste ein Ende haben.

Er verließ seine Wohnung, um sich seinen Cousins anzuschließen.

Die Straße schien ruhig zu sein, aber er parkte nicht direkt vor Lonnies Wohnung. Die Leute neigten dazu, fremde Wagen zu bemerken. Als er ausstieg, hatte er seine Kapuze über den Kopf gezogen, die Hände in die Taschen gesteckt und die Schultern gekrümmt. Ein ganz normaler Kerl.

Lonnies Fenster waren durch Jalousien verschlossen und nur ein schwacher Lichtschein drang durch die Ritzen. Griffin klopfte zweimal an die Tür, hielt inne, klopfte dann noch zweimal und wartete.

Basile öffnete. »Ich bin überrascht, dich zu sehen. Ich hätte gedacht, du würdest bei der Ärztin bleiben.«

»Das ist irgendwie schwierig, da sie mich verlassen hat.« Bei diesem schlichten Eingeständnis zog er die Mundwinkel nach unten. »Anscheinend ist es für sie eine Grenze, wenn Leute angeschossen werden.«

»Pah, es gibt mehr als genug Muschis in der Stadt«, verkündete Baptiste, der in der Hocke neben dem an einen Stuhl gefesselten Mann saß. Von Lonnie gab es keine Spur.

»Wen haben wir denn da?« Griffin zog seine Jacke aus und krempelte die Ärmel hoch.

»Das ist Angus Gershen. Ein Typ von hier. Frisch aus dem Knast, wo er wegen bewaffneten Raubüberfalls gesessen hat. Außerdem hat er ein paar Vorstrafen wegen häuslicher Gewalt. Er ist ein echter Gewinn.«

»Lass mich lieber gehen, Arschloch. Dem Alpha wird das nicht gefallen.« Der Mann fletschte die Zähne und roch eindeutig wild. Der frischen roten Bissspur an einem Arm nach zu urteilen war er erst vor Kurzem rekrutiert worden. Er würde sich beim nächsten Mond verwandeln, sofern er diesen erlebte. Das würde er nicht, womit die Welt ein besserer Ort wäre.

Griffin baute sich vor dem Mann auf. »Du hast recht, das gefällt dem Alpha dieser Stadt überhaupt nicht.« Er ließ seine Augen aufblitzen, um Angus' Aufmerksamkeit zu erregen.

Der Mund des Mannes wurde rund. »Du bist einer von uns.«

Griffin zog seine Oberlippe zurück. »Ich bin nicht wie du und dieses Stück Scheiße, das dich geschaffen hat.«

Griffin blickte zu seinen Cousins, die mit baumelnden Beinen auf dem Tresen hinter dem Stuhl saßen. »Der gebrochenen Nase und dem blauen Auge entnehme ich, dass er nicht verraten wollte, wo Antonio sich versteckt?«

»Ihr werdet ihn nie finden.« Eine selbstgefällige Behauptung seitens Angus.

»Wir wissen bereits, wo der Wichser ist«, erklärte Benoit. »Dieser Idiot Lonnie hatte die Adresse in seinem Handy gespeichert. Wir haben dich verprügelt, weil du unseren Papa angeschossen hast.«

»Moment, ihr wisst, wo Antonio sich versteckt?« Griffin warf eine Hand in die Luft. »Warum verschwenden wir dann Zeit? Bringt das zu Ende, dann kümmern wir uns um Antonio.«

»Ja, Sir.«

Griffin drehte dem Geflenne, das abrupt endete, den Rücken zu. Sie waren immer groß und mutig, wenn sie einen Vorteil gegenüber den Schwachen hatten. Aber sobald sie auf eine größere Bedrohung trafen, erwarteten sie plötzlich die Gnade, die sie selbst nie zeigten.

Scheiß drauf. In seiner Stadt war kein Platz für Mistkerle. Er war ein pelziger Kreuzritter. Ein versteckter Vollstrecker der Selbstjustiz. Dexter mit wesentlich besserer Frisur und besserem Stil.

Die Cousins bereiteten die Szene mit der neuen Leiche vor, und als sie fertig waren, sah Griffin sie an und sagte: »Ich werde dem Wichser, der denkt, er könne sich mit meiner Stadt anlegen, den Arsch aufreißen. Wer ist dabei?«

Natürlich alle. Es war an der Zeit, Antonio ein Ende zu setzen.

KAPITEL NEUNZEHN

Brandys Becher mit Karamell-Brownie-Eis war wirklich lecker, half jedoch nicht gegen Maeves Liebeskummer. Genauso wenig wie der Tequila, obwohl der Joint, den sie rauchte, nachdem sie sich bei der Arbeit krankgemeldet hatte, ihr half, sich auf Brandys Couch zu entspannen.

Da Maeve nicht in der Stimmung war, sich mit Menschen auseinanderzusetzen, heckten sie und Brandy einen Plan für den nächsten Tag aus. Er begann mit Mimosas und Pfannkuchen mit Schokoladenstücken, dann ein *Bridgerton*-Marathon, bei dem sie sich mit Pizza vollstopften, wenn sie Hunger bekamen.

Würden Essen und eine süße romantische historische Fernsehserie ihre Traurigkeit lindern? Wahrscheinlich nicht. Aber es war besser als nichts. Sie vermisste Griffin bereits. Ein Mann, den sie kaum kannte und der nichts als Ärger – und heißen Sex –

bedeutet hatte. Brandys Reaktion war nicht gerade hilfreich gewesen, als sie in die ganze Sache eingeweiht worden war.

»*Du bist gegangen? Verdammt, Mädchen, ein verliebter, heißer Mafioso ist das, wonach wir uns alle sehnen.*«

»*Ich will kein Leben voller Gewalt.*«

»*Sagt die Frau, die jeden Tag inmitten von Gewalt arbeitet.*«

»*Genau*«, *rief Maeve aus.*

»*Ich dachte eher, dass du am besten dafür gerüstet bist. Nicht nur fällst du beim Anblick von Einschusslöchern nicht in Ohnmacht, du kannst sie auch wieder zusammenflicken. Du könntest die Chirurgin der Mafia sein.*« Brandy breitete die Hände aus, ihr Gesichtsausdruck war vergnügt. »*Du könntest es auf eine Tafel eingravieren lassen.*«

»*Es ist, als wolltest du, dass ich verhaftet werde.*«

»*Bitte. Die meisten Mafiosi sehen nie ein Gefängnis von innen. Und als seine Geliebte würdest du wahrscheinlich an irgendeinem tropischen Ort landen, wenn die Bullen zu nahe kommen.*«

Das Gespräch mit Brandy hatte in Maeve die Frage aufgeworfen, ob sie überreagiert hatte. Sollte sie eine Internetrecherche über die Freundinnen und Frauen von Mafiosi durchführen, um zu sehen, was mit ihnen passierte? Würde sie sich dadurch wirklich besser fühlen? Mit diesen Gedanken war sie eingeschlafen und wachte nun durch einen schrillen Alarm auf.

Brandy stolperte aus ihrem Schlafzimmer, als Maeve fast von der Couch fiel. Okay, es war nicht nur *fast*. Sie landete mit den Händen und Knien auf dem Boden.

»Was ist hier los?«, grummelte sie, während sie sich hochdrückte.

Eine Hand über Brandys Mund verdeckte ihr Gähnen nicht. »Feueralarm.«

Was auch sonst. Sie gab dem Restalkohol die Schuld für ihren langsamen Verstand. Maeve schnupperte. »Ich rieche keinen Rauch.«

»Weil es wahrscheinlich kein Feuer gibt. Das blöde Ding geht ständig los, also weiß ich, wie es läuft. Wir müssen nach draußen gehen.« Brandy schlurfte zu den Haken an der Wand, um sich einen Pullover zu holen.

»Warum müssen wir raus, wenn es kein Feuer gibt?« Der Gedanke, die warme Wohnung zu verlassen und in die kühle Nacht hinauszugehen, gefiel ihr nicht.

Brandy seufzte. »Weil, wie mir das letzte Mal erklärt wurde, als ich mich beschwert habe, es dieses Mal vielleicht wirklich brennt und der Brandmeister richtig sauer wird, wenn die Leute nicht evakuieren. Frag mich nicht, woher ich das weiß.«

»Wie lange werden wir da draußen sein?« Maeve griff nach ihrer Jacke und steckte ihre Schlüssel und ihr Handy in eine Tasche, bevor sie sich die Schuhe anzog.

»Das hängt davon ab, wie beschäftigt sie sind. Das längste, was wir bisher gewartet haben, waren dreißig Minuten. Normalerweise geht es schnell.«

Sie gingen zur Tür hinaus und gesellten sich zu

den anderen Leuten auf dem Flur, die in Richtung Treppe gingen. Brandy wohnte in einem Gebäude mit vier Stockwerken und vier Wohnungen pro Etage. Auf dem Bürgersteig drängten sich viele Menschen, die sich oder andere umarmten, während sie warteten. Von Blaulicht war noch nichts zu sehen.

Die Kälte veranlasste Maeve dazu, ihren Mantel enger zu ziehen und die Knöpfe zu schließen. »Hoffentlich passiert das im Winter nicht oft.«

»Einmal ist zu viel«, grummelte Brandy.

Maeve fröstelte. »Wir sollten in meinem Wagen warten. Ich habe meinen Schlüssel dabei.« Sie ließ ihn baumeln. »Wir können –«

Peng, peng.

Durch die plötzlichen Schüsse schrien die Leute auf und zerstreuten sich. Auch Maeve und Brandy waren keine Ausnahme. Letztere packte Maeve an der Hand und zerrte sie die Straße hinunter. Die Schüsse stoppten nicht, genauso wenig wie ihre Füße. Maeve hielt sich die Ohren zu, um die schrillen Schreie der möglicherweise verletzten Menschen zu dämpfen. In diesem Moment war sie keine Ärztin, sondern eine Überlebende. Es würde niemandem etwas nützen, wenn auch sie angeschossen wurde.

Sie und Brandy versteckten sich zwischen zwei Gebäuden, schwer atmend, mit rasendem Herzen und verängstigt.

Maeve kramte in ihrer Tasche nach ihrem Handy, froh darüber, dass sie es vor der Evakuierung mitgenommen hatte. Sie hatte keine Ahnung, ob die Schüsse etwas mit ihrer Situation zu tun hatten, aber nur für den Fall fiel ihr nur eine Person ein, die sie um Hilfe bitten konnte.

Würde Griffin überhaupt rangehen? Wahrscheinlich schlief er, und selbst wenn er auf ihren Anruf hin aufwachte, würde es ihn interessieren? Sie hatte ihn verlassen.

Sie starrte auf das Display und bemerkte erst, dass sich jemand zu ihr und Brandy gesellt hatte, als derjenige sagte: »Lass das Handy fallen, Doc.«

»Wer bist du?«, rief Brandy, als Maeve den Kopf hob.

Männlich. In seinen Zwanzigern, vielleicht Anfang dreißig. Gut aussehend, blond, stämmig, und obwohl er unbewaffnet zu sein schien, trugen die Männer, die ihn flankierten, Waffen.

Maeve wiederholte Brandys Frage. »Wer bist du?«

»Antonio. Dein Cousin aus Toronto.«

Die Behauptung ließ ihr das Blut in den Adern gefrieren, vor allem da sie nicht den Eindruck hatte, dass er für ein fröhliches Familientreffen zu ihr gekommen war. Es musste um den Karton gehen. »Was willst du?«

»Ich hasse es, mich wiederholen zu müssen, aber da du zur Familie gehörst, werde ich dich noch einmal nett bitten. Lass. Das. Verdammte. Handy. Fallen.« Sein Lächeln hatte etwas Bedrohliches.

»Wie wäre es, wenn ich es vorsichtig hinlege, da ich immer noch dafür bezahle?« Die schnippische Antwort kam, während Maeve sich hinkniete und mit dem Finger unauffällig auf die Anruftaste drückte, bevor sie es mit dem Bildschirm nach unten auf den Asphalt legte. Sie erhob sich mit ausgestreckten Händen, um zu zeigen, dass sie keine gewalttätigen Absichten hatte.

»Als würde ein zerbrochenes Display eine Rolle spielen. Ich bezweifle, dass es fünf Minuten hält, sobald wir weg sind.« Das sollte wohl andeuten, dass sie die Gasse ohne ihr Handy verlassen würde.

»Was willst du von mir? Und ich möchte gleich hinzufügen, dass ich den Karton nicht habe.« Maeve erklärte es, bevor die Dinge noch hässlicher wurden.

Sein Lächeln wirkte ausdruckslos, vor allem aufgrund der Kälte in seinen Augen. »Ich weiß, dass du ihn nicht hast, weil ich ihn zuletzt bei Lonnie gesehen habe. Der verdammte Idiot hat ihn gestohlen, ohne nachzusehen, ob das Grimoire drin ist. Da es nicht dort war, bedeutet das, dass es sich noch in deinem Besitz befindet. Gib es mir und du darfst leben.«

Maeve hatte keine Zweifel, dass er sie töten würde. Schließlich hatte sie nicht das, was er suchte. »Was meinst du, wenn du Grimoire sagst? Das Wort erinnert mich nämlich an ein altes, in Leder gebundenes Buch mit vergilbten Seiten und kunstvoller Schrift. So etwas habe ich in dem Karton definitiv nicht gesehen.«

»Das Äußere mag moderner und wie Plastik wirken, aber das, was sich in der Schutzhülle befindet, ist alt und einmalig. Ich will es haben. Wo ist der Ordner?«

Nach dieser Klarstellung sagte Maeve schnell: »Ich habe ihn nicht.«

»Aber du hast ihn gesehen«, erwiderte Antonio.

Würde es die Sache noch schlimmer machen, wenn sie behauptete, sie hätte ihn nicht gesehen? »Das habe ich. Er gehörte zu den Sachen, die mir geschickt wurden, aber er verschwand, als der Karton verschwand.«

»Lüg nicht. Wo ist er?«

»Ich sagte doch schon, ich weiß es nicht.«

Antonio hob eine Hand und winkte einen der Bewaffneten heran. »Zeit, ein paar Finger zu entfernen. Sollen wir mit deiner linken oder rechten Hand anfangen?«

Maeve versteckte die Finger hinter ihrem Rücken. »Ich lüge nicht. Ich weiß ehrlich nicht, wo er ist. Das letzte Mal habe ich ihn an dem Morgen gesehen, an dem ich den Ordner und die Bilder wieder in den Karton gelegt habe, bevor ich ihn in den Kofferraum meines Wagens gestellt habe. Dann bin ich zur Arbeit gefahren. Zum Abendessen war er weg.«

»Wem hast du ihn gegeben?«

»Niemandem«, schnaubte sie. »Ich weiß nicht, wo er ist.«

»Fangen wir mit dem Daumen an. Den finde ich immer befriedigender als den kleinen Finger«, überlegte Antonio laut.

Die schiere Gleichgültigkeit seiner schrecklichen Aussage ließ Maeve fast die Kontrolle über ihre Blase verlieren.

Brandy schubste Maeve zur Seite und stellte sich vor sie. »Sie hat ihn nicht!«, rief sie.

»Und woher willst du das wissen?« Antonio richtete seinen schlangenartigen Blick auf Brandy.

»Weil ich ihn genommen habe.«

»Lüg nicht für mich«, flehte Maeve. Sie wollte nicht, dass ihre beste Freundin verletzt wurde.

»Ich lüge nicht. Ich habe den Karton wirklich aus dem Kofferraum deines Wagens genommen.«

»Wann?«

»Am Mittwoch auf der Arbeit, in meiner Pause. Ich habe noch deinen Ersatzschlüssel von damals, als du mir deinen Wagen geliehen hast, damit ich meine Mutter zum Arzt bringen konnte, als meiner in der Werkstatt war.«

Das erklärte zwar, wie sie in das Fahrzeug gekommen war, aber es führte zu einer anderen Frage. »Warum?«

»Weil ich neugierig war, nachdem du mir davon erzählt hattest.« Ein Gespräch, das sie und Brandy bei schlechtem Cafeteria-Kaffee und trockenen Donuts geführt hatten.

»Hast du den Inhalt geschreddert?«, fragte Maeve, da sie sich daran erinnerte, gedacht zu haben, es wäre womöglich die beste Lösung.

»Auf keinen Fall. Ich meine, die Sachen sahen alt aus und dein Vater hielt sie offensichtlich für wichtig, warum sollte er sie sonst aufbewahren?«

»Das Buch ist also noch intakt«, mischte Antonio sich ein. »Wo ist es? In deiner Wohnung?«

»Nein. Ich habe es bei jemandem abgegeben, der es für Maeve übersetzen kann.«

Bevor Maeve reagieren konnte, packte Antonio Brandy und schleuderte sie gegen die Wand. Er drückte sein Gesicht dicht an ihres und zischte: »Wo ist es?«

Seine Intensität war beängstigend, und wofür? Wie konnte ein altes Bündel Papiere wichtig sein?

»Schnape hat es. Jordan Schnape. Er ist ein Professor an der Universität.«

Antonio ließ nicht von seiner bedrohlichen Haltung ab. »Wir werden diesen Professor besuchen und du wirst das Buch zurückfordern, oder ihr werdet beide Körperteile verlieren. Habe ich mich klar ausgedrückt?«

Brandy nickte. »Kein Problem. Ich weiß, wo der Professor wohnt. 666 Haelstrom Avenue. Das ist etwas außerhalb der Stadt. Du nimmst die Schnellstraße 417 und fährst bei Carp ab. Dann fährst du nach Norden bis zur ersten Ampel. Dort links abbiegen. Es sei denn, du bist hungrig, dann solltest du in der *Grinsekatze* auf einen Happen einkehren. Wenn dort geöffnet ist. Was um diese Zeit vielleicht nicht der Fall ist. Du solltest es dir aber unbedingt tagsüber ansehen, wenn du die Gelegenheit dazu hast.«

Maeve starrte ihre brabbelnde Freundin an. Angst konnte einen Menschen zu seltsamen Dingen verleiten.

Der Spott in Antonios Gesicht schmerzte. »Steigt

in den Wagen. Wenn ihr irgendetwas versucht, werde ich euch erschießen lassen, verstanden?«

Sowohl Maeve als auch Brandy nickte, wobei Brandy ihre Hände vom Körper weghielt, um zu zeigen, dass sie gehorchte. Maeves Miene war finster, vor allem um ihren Ärger über sich selbst zu verbergen. Sie kam sich dumm vor, weil sie Griffin verlassen hatte. Sie war vielleicht wütend über seine Geheimnisse, aber er hätte sie vor Antonio schützen und auch Brandy aus Schwierigkeiten heraushalten können.

Aber nein, Maeve war mit ihrer moralischen Überlegenheit direkt in die Gefahr hineinmarschiert. Denn sie gab Brandy ganz sicher nicht die Schuld an der Sache. Antonio trug die ganze Schuld, da er so irre auf ein dämliches altes Buch abfuhr. Sie hätte den Karton sofort verbrennen sollen, als ihr klar wurde, wem er gehört hatte.

Brandy und Maeve wurden zu einem großen Geländewagen mit drei Sitzreihen geführt. Sie durften in der mittleren Sitzreihe zwischen den bewaffneten Männern Platz nehmen.

Während sie mit Brandy auf der Sitzbank kauerte, fragte sie sich, warum ihre Freundin so ruhig wirkte. Noch vor ein paar Minuten hatte sie nicht aufhören können zu reden.

»Geht es dir gut?«, flüsterte Maeve.

»Nicht wirklich. Ich muss so dringend pinkeln. Und ich glaube, mein Tampon muss gewechselt werden. Du hast nicht zufällig welche dabei, oder? Vielleicht ein paar

Taschentücher, die ich in meine Hose stopfen kann?« Der sehr auf Frauenthemen ausgerichtete Wortschwall sorgte dafür, dass die Männer im Geländewagen nicht zuhörten, weshalb sie nicht bemerkten, wie Brandy das Handy, das sie in ihrem Pullover versteckt hatte, in der Hand hielt und Maeve den Bildschirm zeigte.

KAPITEL ZWANZIG

Die Durchsuchung der Adresse, die auf Lonnies Handy gefunden wurde, war erfolglos. Antonio wohnte vielleicht dort, aber er schien im Moment mit seiner Bande unterwegs zu sein. Angus zufolge bestand die Bande aus sechs Leuten und ein paar Blindgänger-Söldnern, die so genannt wurden, weil der Biss bei ihnen nicht gewirkt hatte.

Griffin fragte sich, wohin der Wichser verschwunden war und welchen Ärger er jetzt verursachte.

Den ersten Hinweis auf Ärger erhielt er über eine SMS von Ulric. *Der Feueralarm wurde in dem Gebäude ausgelöst, in dem deine Freundin und ihre Kollegin wohnen. Eine Menge Leute kommen raus.*

Griffin antwortete: *Bleib in der Nähe und halt mich auf dem Laufenden.*

Wahrscheinlich war es nichts, und doch zog sich ihm der Magen zusammen. »Ich muss gehen«, sagte er zu seinen Cousins, die den Koffer durchwühlten, den sie gefunden hatten, und die Kleidung in alle Richtungen warfen.

»Stimmt etwas nicht?«, fragte Benoit, bevor er eine Unterhose in die Luft schleuderte.

Griffin wich aus und murmelte: »Ich weiß es nicht. In dem Haus, in dem Maeve untergekommen ist, wurde der Feueralarm ausgelöst.«

Baptiste warf seinen Brüdern einen Blick zu, die sich daraufhin alle zu Griffin umdrehten. »Wir gehen alle.«

Benoit fügte hinzu: »Warum auch nicht. Hier gibt's nichts.«

Sie stiegen in die beiden Fahrzeuge und fuhren vom Flughafengelände zurück nach Barrhaven, wo Brandy wohnte.

Griffin schrieb Ulric eine SMS, während Basile fuhr. *Wie geht es den Damen?*

Keine Antwort.

Das hatte nichts zu bedeuten. Wahrscheinlich war alles zu laut.

Sein Handy klingelte und er ging ran, ohne auf die Nummer zu achten. Niemand sagte »Hallo«, obwohl er hätte schwören können, dass er Stimmen hörte. Ein versehentlicher Anruf in der Hosentasche? Er warf einen Blick auf das Display, um zu sehen, wer es war, und fluchte. Maeve hatte angerufen, aber sie sprach nicht. Er lauschte angestrengt, hörte aber nur das Gemurmel von Stimmen, eine davon männlich.

Es weckte seine Eifersucht. Er wollte am liebsten

schreien und sie wissen lassen, dass er zuhörte. Aber was war, wenn sie nicht aus Versehen seine Nummer gewählt hätte? Was, wenn sie um Hilfe rief und nicht sprechen konnte? Er sollte die Situation einschätzen, bevor er aus Eifersucht handelte.

Er drückte das Handy fest an sein Ohr, hörte jedoch nichts mehr. Das Stimmengemurmel verstummte und hinterließ nur eine offene Leitung. Hatte Maeve ihr Telefon vergessen? Vielleicht hatte sie es aus Versehen fallen lassen. Er schürzte die Lippen. Er beendete das Telefonat, wartete dreißig ewige Sekunden und rief dann zurück. Es klingelte und klingelte, bevor die Mailbox ranging.

Dasselbe passierte, als er es erneut versuchte. Basile erhöhte die Geschwindigkeit. Bei ihrer Ankunft sahen sie das Blaulicht mehrerer Streifenwagen, die neben einem Löschfahrzeug standen. Sie hielten einen Block entfernt am Straßenrand und sahen zu.

»Was glaubst du, was passiert ist?«, fragte Basile.

»Das werde ich herausfinden.« Griffin schwang sich aus dem Wagen und ging den Bürgersteig hinauf, wobei er sich unter die wachsende Menge mischte, da Leute aus umliegenden Häusern strömten, um zu begaffen, was in ihrer Nachbarschaft passierte.

Mit den Händen in den Hosentaschen hörte er zu und fing einige Fetzen auf.

»Ich habe ungefähr hundert Schüsse gehört. Es war ununterbrochen. Wahrscheinlich wurden Dutzende getötet.«

»Ich sage meiner Frau immer wieder, dass wir

umziehen sollten. Der Ort ist nicht mehr derselbe wie früher.«

»Niemand wurde erschossen. Ich habe den Kerl gesehen. Er hat alle Schüsse in die Luft abgefeuert. Die Tussi, die angefangen hat zu schreien, ist gefallen und hat sich das Knie aufgeschlagen. Man könnte meinen, sie hätte noch nie Blut gesehen.«

Als Griffin sich dem vorderen Teil der Menge näherte, entdeckte er ein bekanntes Gesicht. Er trat auf Ulric zu und murmelte: »Folge mir.«

Sie gingen an einen Ort, an dem sie sprechen konnten.

»Was ist passiert?«, fragte Griffin.

»Ich bin mir immer noch nicht sicher«, erwiderte Ulric. »Zuerst geht der Alarm im Gebäude los und die Leute kommen nach draußen. Keine große Sache. Ich habe deine Ärztin und ihre Freundin auf dem Bürgersteig gesehen. Aber dann fing jemand an zu schießen.«

»Du hast den Schützen verfolgt.« Eine Aussage, keine Frage.

Ulric nickte. »Der Wichser ist mit einem Pick-up abgehauen, bevor ich ihn schnappen konnte.«

»Wo ist Maeve?« Das war die wichtigste Frage.

Ulrics Miene wechselte zu Ärger. »Ich habe sie verloren. Sie und ihre Freundin. Sie sind wegen der Schüsse weggelaufen, und als ich nachgesehen habe, konnte ich sie nicht mehr finden.«

Das Handy in Griffins Tasche summte. Er zog es heraus und hätte es fast ignoriert, denn die Nachricht war von Billy. Aber er las sie und fluchte.

Brandy hatte dem Detective eine SMS geschickt, um ihm mitzuteilen, dass sie und Maeve entführt worden waren, und ihm die Adresse gegeben, zu der sie unterwegs waren.

»Komm schon, wir müssen los.«

»Wohin?«, fragte Ulric. »Hat jemand sie gefunden?«

»Antonio hat sie. Aber wir haben Glück. Wir wissen, wo sie hinfahren.« Jetzt musste das Glück nur noch anhalten, bis er zu Maeve kam.

KAPITEL EINUNDZWANZIG

Das viktorianische Haus des Professors am Stadtrand von Stittsville mit seiner Kuppel und der umlaufenden Veranda stand auf einem großen Grundstück, das ungefähr einen halben Hektar groß war, wenn nicht sogar noch mehr, sodass es weit genug von den Nachbarn entfernt war, dass diese höchstwahrscheinlich keine Schreie hören würden.

Nicht dass Maeve es gewagt hätte, ein Geräusch von sich zu geben. Die Waffen von Antonios Männern machten die Situation gefährlich.

Wie konnte das nur passieren? Und auch noch wegen eines Haufens alter, verschimmelter Seiten?

Antonio riss die Tür auf und richtete seine Waffe auf Brandy. »Geh und hol den Ordner. Sofort, oder ich fange an, deiner Freundin Körperteile zu entfernen.«

Brandy biss sich auf die Unterlippe und warf einen Blick auf Maeve, bevor sie aus dem Geländewagen sprang. Vielleicht wäre sie klug und würde sich in

Sicherheit bringen. Maeve hätte sie niemals in diesen Schlamassel hineinziehen dürfen. Jetzt war es zu spät.

Antonio nahm Brandys Platz im Geländewagen ein, positionierte sich mit dem Rücken zur Tür und betrachtete Maeve mit selbstgefälliger Miene, die sie ärgerte.

Maeve konnte nicht anders, als zu fauchen: »Warum interessierst du dich so sehr für ein altes Buch?«

»Weil es ein paar Rezepte enthält, die ich brauche.«

»Ist es das Geheimnis, wie man einfache Steine in Gold verwandelt?«, spottete sie.

»Nein, aber sie werden mich reich machen. Im Gegensatz zu deinem Vater. Ihm und seinem Vater davor fehlte der Mut, das zu nutzen, was sie hatten.«

Sie presste die Lippen zu einer Linie zusammen. »Ich habe keinen Vater.«

»Das hat er auch gesagt.« Antonio lachte über seinen eigenen schlechten Scherz. »Ich kann ihm nicht vorwerfen, dass er so getan hat, als gäbe es dich nicht. Da der Segen nur an den Sohn weitergegeben werden kann, ist eine Tochter eine Verschwendung von gutem Samen.«

»So viel patriarchalischer, frauenfeindlicher Mist in einem Satz.«

»Es ist die Wahrheit. Frauen sind nur dazu gut, die nächste Generation zu gebären. Aber anscheinend hat Theo das nicht bedacht, als er das Grimoire an dich geschickt hat, anstatt es an mich, seinen nächsten männlichen Blutsverwandten, weiterzugeben.«

»Weißt du, ich hätte es dir gegeben, wenn du nett gefragt hättest. Du hättest das alles nicht tun müssen«, grummelte Maeve.

»Wenn du dich beschwerst, erleidest du das gleiche Schicksal wie dein Vater.«

»Was soll das denn heißen?«, fragte sie, während ihr Herzschlag schneller wurde.

Ein Lächeln umspielte Antonios Lippen. »Es bedeutet, dass ich den Wichser erschossen und in den Ontariosee geworfen habe.«

»Du hast meinen Vater getötet.« Aus irgendeinem Grund machte sie das wütend, obwohl sie den Mann nie getroffen hatte.

»Er hat es verdient.«

»Warum? Weil er dich durchschaut hat? Weil er gesehen hat, was für eine Sauerstoffverschwendung du bist?«

»Beleidige mich weiter und finde heraus, wie das für dich ausgeht.«

Maeve wusste, dass sie den Tod herausforderte, und doch konnte sie nicht aufhören. Warum nicht alle Fragen stellen? Wenigstens würde sie dann mit ein paar Antworten sterben.

»Bist du immer noch Teil der Mafia in Toronto, die Theo Russell geleitet hat?« Sie konnte ihn nicht *mein Vater* nennen.

»Mafia?« Er lachte. »Es ist so menschlich, das zu sagen.«

»Willst du damit sagen, dass du dich selbst nicht für menschlich hältst?« Sie musterte ihn und fragte sich, welche Fantasie er in seinem Kopf zusammengesponnen hatte. Offenbar eine, in der ein altes Buch es wert war, dafür zu töten.

»Ich begann mein Leben wie du, aber mein Vater war etwas Besonderes, und er hat diese Größe an mich weitergegeben. Aber hat mein Onkel das erkannt? Nein. Er weigerte sich, mich in eine angemessene Position zu erheben. Er wollte nicht, dass wir ins einundzwanzigste Jahrhundert gehen. Er dachte, er könnte das Rudel für immer anführen.«

»Also hast du ihn getötet und damit bewiesen, dass er recht hatte.« Maeve schüttelte den Kopf. »Du bist unfähig.«

Seine Augen verengten sich zu Schlitzen, seine Lippen wurden schmal und die Gefahr strahlte förmlich von ihm ab. Sie dachte, er würde sie erschießen, aber stattdessen blickte er an ihr vorbei und starrte durch die Windschutzscheibe auf das Haus. »Warum braucht sie so lange?«

»Es sind doch erst ein paar Minuten vergangen«, erwiderte Maeve in dem Wissen, dass sie Zeit schinden musste.

»Es sollte nicht lange dauern, ein Buch zu finden. Vielleicht bedeutet ihr eure Freundschaft nicht so viel.« Er richtete seine Waffe auf ihren Kopf.

»Oder der Professor macht Schwierigkeiten, es zurückzugeben. Wenn es so selten ist, versucht er vielleicht, eine Art Vorrecht darauf zu beanspruchen.«

Maeve hatte keine Ahnung, ob es so etwas überhaupt gab, aber Antonio war offenbar der Meinung, dass es so sein könnte.

Er wedelte mit seiner Waffe. »Steig aus. Du kommst mit mir. Wir gehen alle rein.«

Maeve konnte sich nicht entscheiden, ob das gut war oder nicht. Auf der einen Seite musste sie dem Detective Zeit geben, um anzukommen. Aber wäre es für die Polizei schwieriger, Geiseln zu retten, wenn sie sich im Haus befanden?

Am Ende hatte sie keine Wahl. Alle vier Männer stiegen mit ihr und Antonio aus dem Geländewagen aus. Er befahl zwei von ihnen, draußen zu bleiben und ihn zu warnen, falls sich jemand näherte. Die Männer in den anderen beiden Fahrzeugen blieben, wo sie waren. Zwei nahm er mit hinein. Sie klopften nicht an. Sie traten einfach die Tür auf und stürmten das Haus, als wären sie eine Art Elite-Einsatzkommando.

Das waren sie nicht – selbst Maeve konnte sehen, dass sie schlampig arbeiteten. Sie hatten keine Ahnung, wie man Räume durchsucht. Sie stapften schreiend durch die Zimmer im Erdgeschoss und landeten schließlich in der Vorhalle, um Antonio Bericht zu erstatten, der mit Maeve dort geblieben war.

»Niemand da, Alpha«, sagte ein Kerl, pockennarbig und zu jung, um zu wissen, dass Verbrechen sich nicht lohnte.

»Seht oben nach«, grummelte Antonio.

Die Männer machten sich auf den Weg und teilten

sich am oberen Ende der Treppe auf, um dort zu suchen, wo sich sicherlich mehr als nur ein paar Schlafzimmer befanden. Minuten vergingen.

Maeve stand da und versuchte, keine Aufmerksamkeit auf sich zu lenken. Wo war Detective Gruff? Er hätte doch schon längst dort sein müssen.

Antonio trat zum Fuß der Treppe und rief: »Pascale?« Keine Antwort. »Gofer? Irgendeiner von euch Wichsern?« Keine einzige Person reagierte auf sein Rufen. Er kehrte zu Maeve zurück und blaffte: »Wer genau ist dieser Schnape?«

Sie zuckte mit den Schultern. »Keine Ahnung. Ich habe ihn noch nie getroffen oder von ihm gehört. Da musst du Brandy fragen.« Die ebenfalls verschwunden war.

Bumm.

Beide neigten den Kopf nach hinten, um zur Decke zu blicken.

Das Geräusch, das Antonio von sich gab, ließ ihn eher wie ein Tier als wie einen Menschen klingen. »Das ist eine Falle.«

Er stieß Maeve von sich weg, woraufhin sie erst gegen eine Tischkante und dann gegen die Wand prallte und mit dem Kopf hart aufschlug. Benommen lehnte sie sich an den Tisch und blinzelte, als sie sah, wie Antonio eine Waffe auf sie richtete. Wenn er schoss, würde sie der Kugel nicht ausweichen können.

»Du denkst, du bist so viel besser als ich. Du hast Glück, dass ich dich noch brauche.«

Antonio packte sie an den Haaren und zerrte sie

zur Tür. »Verdammte Hure. Genauso schlimm wie dein Vater.« Mit einem kräftigen Ruck schleuderte er sie durch die Tür, wo sie stolperte und die drei Stufen zur Kiesauffahrt hinunterfiel.

»Was gibt's, Boss?«, fragte einer der Kerle, die auf sie warteten.

»Gesellschaft. Holt alle aus den Wagen«, befahl Antonio und deutete auf die geparkten Fahrzeuge. »Laden und entsichern. Erschießt jeden, der in dem Haus ist.«

Nein. Es war mehr ein entsetzter Gedanke als ein tatsächlicher Ausruf. Maeve richtete sich auf Händen und Knien auf, in dem Wissen, dass sie etwas tun musste. Und dann duckte sie sich, als etwas Pelziges aus dem Haus stürzte. Der vierbeinige Körper prallte gegen Antonio und riss ihn neben ihr zu Boden.

Sie brauchte einen Moment, um zu begreifen, was sie sah – einen Wolf, der versuchte, Antonios Gesicht zu fressen, das Maul aufgerissen und tief knurrend.

Antonio hielt ihn außer Reichweite und grunzte: »Du solltest eigentlich tot sein.«

Eine seltsame Aussage, bevor sie sich von Maeve wegrollten, die blinzelte und dann wieder blinzeln musste, da Antonio verschwunden war. Jetzt kämpften zwei Wölfe miteinander.

Wölfe.

Sie musste von hier verschwinden. Und ein Krankenhaus finden, um sich aufgrund der Halluzinationen behandeln zu lassen, die ihre Verletzungen verursacht hatten. Sie drückte sich auf die Knie hoch, als ein Fahrzeug mit quietschenden Reifen hinter den geparkten Geländewagen in die Einfahrt fuhr. Aus den beiden Wagen sprangen bewaffnete Männer. Zusammen mit den zweien, die bereits draußen waren, zählte sie neun Schützen gegen denjenigen, der sich in dem einen Fahrzeug befand, das plötzlich rückwärtsfuhr und dessen Reifen Schotter hochschleuderten, als der Fahrer versuchte, aus dem Schussfeld zu kommen.

Das Knallen der Waffen versetzte Maeve in den Überlebensmodus. Ihr Instinkt schrie sie an, dass sie in Deckung gehen müsse. Sie kroch ächzend und schnaufend, aber sie konnte sich nirgends verstecken, da die Schützen nicht mehr auf den Wagen, sondern auf die kämpfenden Wölfe zielten.

»Auf den Grauen«, brüllte jemand.

Ein Aufschrei ertönte und der graue Wolf, der aus dem Haus gesprungen war, sackte schwer atmend und mit einer blutenden Wunde zu Boden. Der andere Wolf knurrte über ihm. Es würde nicht lange dauern, bis er seinen bösartigen Blick auf sie richtete.

Sie musste Deckung suchen. Das Innere des Geländewagens würde funktionieren. Wenn der Schlüssel im Zündschloss steckte, konnte sie vielleicht sogar entkommen.

Ihre Hand am Türgriff erstarrte angesichts des Knurrens hinter ihr. Sie wirbelte herum, um zu sehen, wie sich der Wolf an sie heranpirschte. Scheinbar war er mit dem schlaffen Haufen Fell fertig, der hinter ihm am Boden lag.

Detective Gruff war noch nicht da, und die Männer

kamen näher, wobei sie lachten, mit ihren Waffen herumfuchtelten und seltsamerweise heulten.

»Beiß sie!«

»Reiß sie in Stücke!«

Sie hatten alle etwas zu schreien, aber nichts davon war gut für sie.

Sie waren so abgelenkt, dass sie nicht bemerkten, wie sich ein schneller Wagen mit ausgeschalteten Lichtern näherte, bis es zu spät war. Viele von ihnen drehten sich gerade um, als sie getroffen wurden.

Chaos brach aus, als die Männer, die nicht erwischt worden waren, mit ihren Waffen zielten. Sie hatte keine Zeit, den Kampf zu beobachten, da der Wolf sich weiter an sie heranpirschte, mit gesenktem Kopf und knurrend. Er krümmte die Hinterbeine, um zum Sprung anzusetzen.

»Rühr sie verdammt noch mal nicht an!« Griffins Stimme war deutlich zu hören, als die Schüsse plötzlich verstummten, zusammen mit dem abebbenden Schrei eines Sterbenden.

Der Wolf drehte nicht den Kopf. Er sprang, und in diesem Moment wusste Maeve, dass sie eine Gehirnerschütterung hatte, denn Griffin stürzte ebenfalls los. Nur war es nicht Griffin, sondern ein Wolf, der mit ihrem Angreifer zusammenprallte. Sie schlugen hart auf dem Boden auf, wo sie miteinander rangen.

Wolf Antonio und Wolf Griffin.

Das war nicht real. Sie drückte ihren Körper fest gegen den Geländewagen in ihrem Rücken, als könnte dessen feste Beschaffenheit sie in die Realität zurückholen.

Nein. Sie musste sich den Kopf härter angeschlagen haben als gedacht, denn die Wölfe kämpften vor ihr, rangen und zerrten aneinander.

Ihr Bein pochte und als sie hinunterblickte, sah sie, dass es voller Blut war. Sie war angeschossen worden. Wie hatte sie das nicht bemerken können?

Angesichts des herausspritzenden Blutes fiel ihr ein, dass sie wirklich Druck ausüben sollte. Ihre Finger glitten in die warme Nässe. Sie sackte zu Boden, wobei ihr Hintern hart genug aufschlug, dass ihr ganzer Körper erschüttert wurde. Ihr Kopf fiel zur Seite, ihre Augenlider wurden schwer. Anzeichen dafür, dass sie zu viel Blut verlor.

Ein heißer Lufthauch weitete kurzzeitig ihren Blick. Ein vertrautes Augenpaar in einem pelzigen Gesicht blinzelte zurück.

»Nicht real«, murmelte sie. Sie ließ ihre Lider zufallen und seufzte erleichtert, als sie, anstatt ein Bellen zu hören oder einen Biss zu spüren, Griffin sagen hörte: »Keine Sorge, Süße. Ich habe dich.«

Er fing sie auf, als sie in die Dunkelheit stürzte.

KAPITEL ZWEIUNDZWANZIG

Griffin hielt Maeves bewusstlose Gestalt, während sein Verstand einen Kurzschluss erlitt.

Was sollte er tun? Sie war angeschossen worden, weil er nicht da gewesen war, um sie zu beschützen. Was, wenn sie starb?

Es brauchte eine Frau, die mit den Fingern vor seinem Gesicht schnippte und schrie: »Reiß dich verdammt noch mal zusammen. Maeve braucht Hilfe.«

Griffin starrte die kurvige Frau mit den lockigen Haaren an, als er dumm erwiderte: »Du bist ihre Freundin Brandy.«

»Die bin ich. Und du musst der gut aussehende Typ sein, über den sie so viel geplappert hat.«

»Sie redet über mich?« Er konnte seine Überraschung nicht verbergen.

»Zu viel. Obwohl ich verstehe warum. Netter Körper. Kämpft die Mafia immer nackt?«, fragte sie, während sie Maeves Hose aufriss, um die Wunde freizulegen.

Ihre Bemerkung erinnerte ihn an seine Nacktheit. Da Maeve in Gefahr gewesen war, hatte er sich schnell verwandelt. »Sie ist verletzt.« Er blickte auf Maeves blasses Gesicht hinunter und tat sein Bestes, um das Blut – ihr Blut – zu ignorieren, dessen Duft in der Luft lag.

»Sieht aus, als wäre die Kugel glatt durchgegangen. Rein und raus. Unschön. Schmerzhaft. Aber wir können sie behandeln, sobald wir sie in ein Krankenhaus gebracht haben.«

»Sie müsste nicht behandelt werden, wenn jemand sie beschützt hätte.« Das leise Knurren lenkte Griffins Blick auf sich. Mit einem Fetzen von Antonios Hemd um seine Hüften gebunden zeigte ein großer Mann anklagend auf Griffin.

Griffin erkannte den Mann. »Du solltest eigentlich tot sein.«

»Wechsle verdammt noch mal nicht das Thema.« Theo Russell, der nicht ganz so tote Alpha, starrte ihn an.

»Ich darf ja wohl überrascht sein«, knurrte Griffin zurück.

»Ist das wirklich so überraschend, wenn man bedenkt, wie dumm mein Neffe ist? So dumm, wie du es bist.«

»Gib mir nicht die Schuld für dein Chaos. In meiner Stadt gab es keine Probleme, bis du und dein Neffe Ärger gemacht haben.«

»Was ist deine Ausrede für die Schändung meiner Tochter?«, blaffte Theo.

»Sie ist eine erwachsene Frau.«

»Sie ist meine Tochter.«

»Nicht laut ihrer Aussage.«

»Leg dich nicht mit mir an, Junge«, erwiderte Theo in leisem, drohendem Tonfall.

Griffin blickte ihn nur finster an.

Brandy mischte sich ein. »Streitet euch später darüber. Wir müssen Maeve in ein Krankenhaus bringen. Und zwar sofort. Sie braucht eine Bluttransfusion.«

»Sie kann mein Blut haben.« Theo streckte einen Arm aus.

»Du machst Witze, oder?«, schnaubte Brandy. »Du wirst wahrscheinlich auch eine brauchen, da du ein ebenso großes Einschussloch hast.«

Theo warf einen Blick auf seine eigene blutende Wunde. »Pah, das ist nur eine Fleischwunde.«

Aus irgendeinem Grund musste Griffin fast lachen. Er hatte vor nicht allzu langer Zeit das Gleiche gesagt.

»Selbst wenn du nicht so viel Blut verloren hättest, würde ich dich nicht benutzen, denn selbst wenn du zur Familie gehörst, weiß ich nicht, ob dein Blut kompatibel ist.«

»Das ist es. Sie ist meine Tochter.«

Brandy schüttelte den Kopf. »Okay, gut, aber woher weiß ich, dass dein Blut sauber ist?«

»Das ist es.«

»Ich habe nicht die richtige Ausrüstung.« Brandy servierte eine weitere Ausrede.

»Schnape schon.«

»Du bist ganz schön hartnäckig.« Sie schürzte die Lippen. »Ich nehme an, dass du das Krankenhaus meiden willst, weil du damit unerwünschte Aufmerksamkeit auf dich ziehen würdest. Damit ist das hier also eine Mafia-Sache.«

Theo zog die Augenbrauen hoch, aber auch seine Mundwinkel. »Du hast recht.«

»Okay, dann bringen wir sie rein. Irgendwo, wo sie flach liegen kann. Der Esszimmertisch sollte reichen.«

»Ich werde Schnape warnen und ihn bitten, die Feldausrüstung zu holen«, bot Theo an.

»Suche auch gleich nach ein paar Hosen, wenn du dabei bist. Ich sollte mir nicht die Schwengel des Vaters und des Freundes meiner besten Freundin ansehen müssen«, rief Brandy. Dann sagte sie nebenbei zu Griffin, der mit Maeve in den Armen aufstand: »Nichts für ungut. Ich bin sicher, dass dein Schwengel sehr schön ist, aber du bist Maeves Mann.«

»Ich weiß nicht, ob sie derselben Meinung wäre.«

»Weil sie denkt, dass du sie in Schwierigkeiten bringen wirst. Was ich hoffe. Sie war ihr ganzes Leben lang viel zu ernst. Sie könnte ein wenig Auflockerung vertragen. Und ein Werwolf ist genau das Richtige.«

Er stolperte, ließ Maeve dabei aber nicht los. »Ähm, was?«

»Versuch gar nicht erst, so zu tun, als wären du und ihr Vater keine Wölfe. Ich habe mehr paranormale

Liebesromane gelesen, als du dir vorstellen kannst, und ich kenne die Anzeichen. Die kämpfenden Wölfe, gefolgt von nackten Männern, haben es verraten.«

Er verzog das Gesicht. »Du darfst nicht darüber reden.« Maeve würde ihn nicht mögen, wenn er ihre beste Freundin töten müsste.

»Das werde ich nicht, unter einer Bedingung.«

Er fürchtete sich fast davor zu fragen. »Was?«

»Brich meinem Mädchen nicht das Herz.«

»Ich werde mein Bestes tun.« Er legte Maeve sanft auf den Esstisch und trat dann zurück, um die von Ulric angebotene Hose zu nehmen, der die seine nie verloren hatte. Nur Alphas können sich außerhalb des Vollmonds verwandeln. Griffin hatte nicht gewollt, dass Maeve auf so brutale Weise von ihm erfuhr, aber da er schnell hatte handeln müssen, hatte er keine andere Wahl gehabt. Nur der Wolf konnte ihm die Geschwindigkeit geben, um Antonio entgegenzutreten.

Der Kampf mit Antonio hatte nicht lange gedauert. Kein Wunder, dass der Mistkerl normalerweise mit einer Waffe kämpfte. Ihm hatten die Kraft und die Fähigkeiten eines echten Alphas gefehlt, auch wenn er sich nach eigenem Willen hatte verwandeln können.

»Ist das wirklich ihr Vater?«, fragte Brandy Griffin, als sie mit feuchten und trockenen Papierhandtüchern aus der Küche zurückkam.

»Ja.«

»Ich frage mich, warum er gerade jetzt endlich zu Maeve kommt.«

»Wahrscheinlich weil sein vermeintlicher Tod die Lawine an Problemen ausgelöst hat.«

»Alles hängt mit dem Karton zusammen, oder genauer gesagt mit dem Ordner, den sie geerbt hat.« Brandy wischte über Maeves Bein, die zusammenzuckte und zitterte, obwohl ihre Augen geschlossen blieben.

Er stand neben ihrem Kopf und streichelte ihre Schläfe. Er fühlte sich nutzlos. Die anderen seines Rudels, darunter auch Billy, waren draußen und trieben Antonios Truppe zusammen, die nach dem Tod ihres Chefs das Interesse am Kämpfen verloren hatte. Ulric fungierte als Krankenpfleger und reichte saubere Papiertücher an Brandy, die Druck auf die Wunde ausübte.

Theo kam in Hose und Pullover zurück, zusammen mit einem bebrillten Herrn, der einen Plastikeimer mit der Aufschrift *Medizinische Artikel* trug. Theo und Griffin hielten Maeve fest, während Schnape ein Antiseptikum auf ihre Wunde goss.

»Aua!« Maeve setzte sich plötzlich schreiend auf. Griffin schaffte es, sie zu beruhigen. Maeve starrte in das Gesicht ihres Vaters und flüsterte: »Daddy?«

Ihre Augen rollten zurück und ihr Körper erschlaffte, aber Griffin hielt sie fest, damit sie nicht fiel.

Brandy saugte an ihrer Unterlippe. »Glaubt ihr, sie wird lange genug bewusstlos bleiben, damit ich sie nähen kann?«

»Gib ihr erst einmal Blut.« Theo streckte einen Arm aus. Schnape hielt den Schlauch.

»Bist du sicher, dass die Blutgruppe passt?«

»Keine Widerrede. Tu es einfach«, blaffte Theo.

»Könntest du vielleicht Bitte sagen?«

»Reiz mich nicht, denn ich habe noch nicht entschieden, ob du leben sollst.«

Brandy blinzelte. Griffin warf ein: »Ignoriere ihn. Dir wird nichts passieren, du stehst unter meinem Schutz. Bitte, hilf Maeve.«

»Gebt mir nicht die Schuld, wenn das nicht klappt«, murmelte sie. Brandy legte Maeve eine Transfusion von Theo und machte sich an die Arbeit, die Wunde zu nähen. Maeve blieb die ganze Zeit über bewusstlos.

Als sie fertig war, schien Brandy sehr zufrieden mit sich zu sein. »Und deshalb verdienen Krankenschwestern mehr Verantwortung. Es sind nicht nur Ärzte, die Dinge in Ordnung bringen können.«

»Danke«, sagte Theo.

»Dank mir noch nicht. Jetzt werden wir sehen, ob du mit dem Blut recht hattest.«

»Es wird funktionieren.«

»Wird sie anfangen, den Mond anzuheulen und Katzen hinterherzujagen?«

»Du bewegst dich auf dünnem Eis, junge Dame«, drohte Theo.

»Beruhige dich, FILF. Ich werde niemandem von eurem Geheimnis erzählen.«

Theo blinzelte. »FILF?«

Ulric beugte sich vor, um zu flüstern, und der ältere Mann wurde tatsächlich rot.

Es wäre vielleicht lustig gewesen, wenn Griffin nicht so besorgt gewesen wäre. Er kletterte vorsichtig auf den Tisch, um Maeve zärtlich an seinen Körper zu drücken, was Theos Aufmerksamkeit erregte. Brandy ging mit Ulric in die Küche, sodass sie allein waren.

»Wie bist du an mein Mädchen gekommen?«, fragte Theo mit vor der Brust verschränkten Armen.

»Gib Antonio die Schuld. Er hat auf mich geschossen, weil er dachte, wenn ich sterbe, könnte er mein Rudel übernehmen.«

»Dummes Arschloch. Ich habe meinem Bruder gesagt, dass er nicht das richtige Temperament hat, um Wolf zu sein.«

»Was war in dem Karton, den er unbedingt haben wollte?«, fragte er.

»Eine Sammlung von alten Rezepten.«

»Welche Art von Rezepten?«

»Solche, die für unsere Art sehr gefährlich wären, wenn sie in die falschen Hände gerieten.«

»Und du hast sie nicht verbrannt?«, fragte Griffin ungläubig.

Theo zuckte mit den Schultern. »Das erschien mir nicht richtig. Was, wenn sie eines Tages gebraucht würden?«

»Aber warum hast du sie Maeve hinterlassen? Hätten sie nicht an jemanden gehen sollen, der verstanden hätte, was sie sind?«

»Ich habe nicht damit gerechnet, dass alle denken,

ich sei getötet worden, und ich vermute, dass Roberts das geglaubt hat, weshalb er den Karton zusammen mit dem Brief und den Fotos an Maeve geschickt hat.«

»Warum hast du so lange so getan, als wärst du tot?«

»Das habe ich nicht. Angeschossen und in einen Fluss geworfen zu werden ist irgendwie beschissen, vor allem, wenn man an Land gespült wird und sich nicht sofort erinnert, wer man ist. Sobald ich mein Gedächtnis wiederhatte, bin ich nach Toronto zurückgekehrt, wo ich feststellen musste, dass Roberts tot und Antonio verschwunden war, zusammen mit dem Ordner.«

»Aber woher wusstest du, dass du hierherkommen musst?«

»Die Rezepte sind in einem sehr alten und speziellen französischen Dialekt geschrieben, den nur eine Handvoll Leute übersetzen können. Am wahrscheinlichsten war mein alter Freund Schnape, da er in der Nähe der Stadt wohnt.«

»Was wäre, wenn du dich geirrt hättest?«

»Wie ich Antonio kenne, wären alle Lykaner am Arsch gewesen.« Theo ließ den Kopf hängen.

»Was wirst du jetzt tun?«

Der große Mann zuckte mit den Schultern. »Ich werde wohl zu meinem Rudel zurückkehren und die Kontrolle wieder übernehmen.«

»Ich meinte in Bezug auf Maeve.«

Der Mann wirkte gequält, als er sagte: »Ich weiß,

dass sie mich hasst, weil ich sie verlassen habe, und ich kann es ihr nicht verdenken.«

»Das war's also? Du willst weggehen?«

»Was würdest du sonst vorschlagen?«, zischte der Mann.

»Es scheint mir, als hättest du eine zweite Chance bekommen. Es liegt an dir, was du daraus machst.«

»Vielleicht.« Theo wirkte nachdenklich, als Brandy wieder auftauchte.

Griffin hatte einige Fragen. »Woher kennst du Schnape? Warum hast du das Buch zu ihm gebracht?«

»An der Uni habe ich einen Kurs darüber belegt, wie sich Sprachen im Laufe der Zeit entwickeln. Ich bin durchgefallen, aber er war supernett zu mir. Da mich die Schrift auf den Seiten, die Maeve geerbt hatte, an Französisch erinnerte, dachte ich mir, wenn jemand sie übersetzen kann, dann er.«

»Deine Einmischung hätte schlimme Folgen haben können«, warnte Theo.

»Eigentlich scheint es, als hätte meine Einmischung allen das Leben gerettet, also kannst du mir gern einen Obstkorb zum Dank schicken.« Brandy wich unter dem Blick des Alphas nicht im Geringsten zurück. »Das ist genug Blut von dir. Ich kann es nicht gebrauchen, dass du abkratzt.« Sie trennte die Blutverbindung zwischen Vater und Tochter, aber Maeve blieb bewusstlos.

Theo spannte seine Hand an und stand auf. »Ich sollte gehen, bevor sie aufwacht.«

»Bist du sicher?« Diesmal war es nicht Griffin, der fragte, sondern Brandy.

»Sie muss heute schon mit genügend anderen Dingen fertigwerden, ohne dass ich dazukomme.« Der Mann verzog das Gesicht. »Kümmere dich um sie, Junge. Sonst ...«

»Das habe ich vor.«

Theo nickte knapp, bevor er sich auf den Weg in die Küche machte. Brandy zeigte auf Griffin. »Der Professor sagt, du kannst dir für die Nacht ein Zimmer ausleihen. Ich würde dir das erste Zimmer links oben an der Treppe empfehlen. Es hat ein eigenes Bad.«

»Danke.« Vorsichtig hob er Maeve hoch und brachte sie in ein Schlafzimmer, das jedes Herrenhaus von vor über hundert Jahren hätte zieren können. Ein Bettgestell aus Messing. Gesteppte Bettwäsche. Er legte Maeve unter die dicke Bettdecke, als sie zu zittern begann. Da er sich noch nicht angezogen hatte, glitt er einfach zu ihr ins Bett und schmiegte ihren Körper an seinen.

Er wachte auf, als sie leise murmelte: »Griffin, bist du das?«

KAPITEL DREIUNDZWANZIG

Maeve träumte, dass sie in einer Art Grimms Märchen mit Monstern war. Wie sonst ließe sich der heftige Kampf zwischen Wölfen erklären, von denen einer Griffins Augen hatte?

Als wäre er eine Bestie.

Als sie aufwachte, erstarrte sie für einen Moment vor Angst, da sie sich in jemandes Armen wiederfand. Sie entspannte sich, als sie erkannte, wer sie festhielt.

Griffin.

Brandy musste ihn angerufen haben, nachdem alles passiert war. Ihre Erinnerungen waren recht verworren. Ihr Wolfstraum vermischte sich mit der Realität, um einige der Lücken zu füllen. Das machte es schwer, Fakten von Fiktion zu unterscheiden.

»Hey, Süße.« Er vergrub sein Gesicht in ihrem Haar.

Sie versuchte, sich zu bewegen, und zuckte zusammen. »Aua. Was ist passiert?«

»Du wurdest angeschossen.«

»Daran kann ich mich vage erinnern.« Sie griff nach unten, um mit den Fingern über einen Verband zu fahren. »Warum bin ich nicht im Krankenhaus?«

Er versteifte sich. »Es war ein glatter Durchschuss und wir hatten medizinisches Material. Brandy hat dich genäht.«

Das bedeutete, dass sie die Polizei nicht einschalten wollten, eine Tatsache, die sie störte. »Was ist passiert? Ich bin etwas benommen. Ich weiß nur, dass da ein Typ war, mein Cousin oder so. Er wollte den Ordner aus dem Karton.«

»Das war Antonio. Er war derjenige, der hinter den Angriffen steckte.«

»Was ist mit ihm passiert? Meine Erinnerungen sind durcheinander. Ich erinnere mich an Schüsse und aus irgendeinem Grund waren da auch Wölfe. Was verrückt ist. Es passierte, kurz bevor ich ohnmächtig wurde.«

»Um Antonio wurde sich gekümmert. Um seine Bande auch. Du musst dir keine Sorgen mehr um sie machen.«

Sie fragte nicht, ob er sie getötet hatte. Nachdem sie sie getroffen hatte, hatte sie eine schonungslose Seite an sich entdeckt, die sich darüber freute, die Truppe los zu sein. »Ich schätze, du hast meinen Anruf erhalten.«

»Habe ich, aber ich konnte nichts hören.«

»Woher wusstest du dann, wo du mich finden kannst?«

»Billy hat es mir gesagt.« Als sie verwirrt dreinschaute, fügte er hinzu: »Du kennst ihn als Detective Gruff.«

»Du meinst, die Polizisten sind auch in das Mafiageschäft verwickelt?«

Er verzog den Mund. »Nur einer. Und nicht die Mafia. Zumindest nicht mehr. Ich habe nicht gelogen, als ich sagte, dass alles legal ist. Leider gibt es immer noch Leute, die versuchen, Dinge heimlich und illegal zu machen. Sie zwingen uns in Situationen, die wir nicht wollen.«

»Wenn das stimmt, warum rufst du dann nicht die Polizei, damit die sich darum kümmert?«

»Hast du das bürokratische Chaos gesehen, aus dem unser Justizsystem besteht? Manchmal ist es schneller und einfacher, die Dinge selbst zu regeln.«

»Selbstjustiz.«

»Ja. Ich verstehe, dass das zu viel für dich sein könnte.«

»Wenn du einen Umhang tragen und so tun würdest, als wärst du eine Art Superheld, wäre das zu viel.«

»Heißt das, ich kann Strumpfhosen tragen?«

»Nur wenn du dich vorher rasierst.«

Er lachte. »Oder ich könnte die Art von Vollstrecker der Selbstjustiz sein, die kein Kostüm braucht. Vielleicht bin ich ein heimlicher Werwolf.«

Sie kicherte. »Als würde ein Werwolf Ottawa als sein Zuhause wählen. Deine Cousins und Cousinen ...

Von ihnen könnte ich es glauben. Sie haben eine wilde, ungezähmte Ausstrahlung.«

»Willst du damit sagen, dass ich nicht wild bin?«

»Doch, das bist du, aber eher so beängstigend wie ein knuddeliger Bär.«

»Ein Bär?« Er starrte sie an.

Sie nickte. »Das würde deine Vorliebe für *Süßes* erklären.«

»Nur für eine Süße«, knurrte er, bevor er sie in die Arme nahm.

EPILOG

Maeves Verletzung verheilte mit einer Narbe, die Griffin praktisch täglich küsste. Was nicht schwer war, da sie zusammenlebten.

Nachdem sie das Haus des Professors verlassen hatten, ohne den Ordner, den sie in einem Safe eingeschlossen hatten, hatte Griffin sich geweigert, sie nach Hause zu bringen.

»Ich werde dich nicht aus den Augen lassen.«

Das bedeutete, verwöhnt zu werden, was ihr nichts ausmachte. Sie hatte sich so lange um sich selbst und andere gekümmert, dass es eine angenehme Abwechslung war.

Das Leben fiel in eine Routine, die keine Schläger beinhaltete, die sie bedrohten, oder einen verrückten Cousin, der auf Blut aus war. Sie sah und hörte nie wieder etwas von Antonio oder seiner Bande, und auch die Polizei kam nicht mehr vorbei, um nach der Auseinandersetzung zu fragen.

Das Leben war gut – oder besser gesagt unglaublich –, sobald Maeve beschloss, die Tatsache zu ignorieren, dass sie sich in einen legalen Drogendealer verliebt hatte und in seine Wohnung über einem Cannabis-Laden gezogen war. Um sich von ihrer Schussverletzung zu erholen, nahm sie sich eine Auszeit vom Krankenhaus, die sich in eine Kündigung verwandelt hatte. Nicht weil sie nicht anderen beim Heilen helfen wollte, sondern um ihrem Traum zu folgen, eine eigene Hausarztpraxis zu eröffnen. In dem staatlich finanzierten System gab es einen Mangel an solchen Praxen. Sie wollte zwar kein Geld von Griffin annehmen, aber sie ließ ihn den Mietvertrag für ein Büro in der Nähe ansehen, das sie mühelos umwandelte. Es war nur wenige Gehminuten von ihrem Zuhause entfernt, ohne dass sie fahren musste. Da sie ihr Haus nicht brauchte, vermietete sie es an Brandy, die mit ihr in der Praxis arbeitete.

Einen Monat nach der Schießerei war sie so glücklich wie nie zuvor. Sie freute sich jeden Tag darauf, die Arbeit zu beenden und nach Hause zu Griffin zu gehen.

Jetzt hatte sie nur noch einen Patienten, bevor sie die Praxis für den Tag schloss und herausfinden würde, was für eine Überraschung er für das Abendessen ausgeheckt hatte.

Brandy kam herein und legte die neue Patientenakte auf ihren Schreibtisch. »Mach dir nicht gleich in die Hose, wenn du den Namen siehst.«

Maeve hätte sich fast in die Hose gemacht. Theodore Russell. Den Namen ihres toten Vaters zu sehen machte sie stutzig. Auf der anderen Seite war es jedoch kein ungewöhnlicher Vor- oder Nachname.

»Gut, dass ich weiß, dass er tot ist, sonst würde ich ausflippen«, scherzte sie.

Brandy ging nicht darauf ein. Ungewöhnlich. Stattdessen sagte ihre Freundin: »Hör dir an, was er zu sagen hat.«

Bevor sie sie um eine Erklärung bitten konnte, stand ein Mann im Türrahmen.

Maeve fiel die Kinnlade herunter. »Du solltest tot sein.«

Ihr Vater zuckte mit den Schultern und lächelte verlegen. »Das höre ich immer wieder. Und ich weiß, dass du es wahrscheinlich lieber hättest, aber trotzdem bin ich hier. Hi, ich bin dein beschissenes Exemplar von Vater.« Er streckte eine Hand aus. Er bat nicht um Verzeihung und kroch auch nicht zu Kreuze.

Es wäre einfach, einen Groll zu hegen. Maeve nahm die ausgestreckte Hand und schüttelte sie. »Ich bin die wunderbare Tochter, die du nicht hättest verlassen sollen.«

Er nickte. »Das weiß ich jetzt. Ich habe einige Fehler gemacht, einen besonders großen in Bezug auf meine Beziehung mit dir. Wenn es für dich in Ordnung ist, würde ich das gern ändern.«

»Lass mich raten. Der Beinahetod hat dir eine neue Perspektive gegeben.«

»Eigentlich war es dein Beinahetod, der das bewirkt hat.«

»Woher weißt du ... Ach, egal.« Griffin hatte es ihm

höchstwahrscheinlich erzählt, da die beiden Männer sich kannten. »Hast du keine Angst, dass ich dich nicht mögen werde?«

»Ein Risiko, das einzugehen ich bereit bin.« Ein Lächeln umspielte seine Lippen.

»Ich werde dich nicht Dad nennen.«

»Das ist in Ordnung. Aber erwarte, dass ich mit meiner Tochter prahle. Eine Ärztin. Das wird deiner Großmutter gefallen.«

Sie blinzelte. »Ich habe eine Großmutter?«

Er nickte. »Und einen Onkel. Zwei Cousins, die keine Psychopathen sind. Oh, und meine Schwester, die dich wahrscheinlich häuten wird, wenn du sie Tante nennst. Sie tut gern so, als hätte sie mit neunundzwanzig aufgehört zu altern.«

Familie. Hm. Was für ein Konzept nach so viel Zeit allein. Ihre Mutter hatte nicht viel Kontakt zu ihrer eigenen Familie gehabt, und nachdem sie gestorben war, hatte Maeve gedacht, das wäre das Ende jeder Familie für sie.

»Möchtest du zum Abendessen kommen?«, fragte Maeve plötzlich. »Mein Partner macht Steaks zum Abendessen. Ich könnte ihn dazu bringen, ein zusätzliches aufzutauen.«

»Nichts wäre mir lieber.«

Ohne es zu wollen, mochte Maeve den Mann, den Vater zu nennen sie sich weigerte. Aber sie liebte den Mann, der nicht mit der Wimper zuckte, als sie einen Mafioso aus einer anderen Stadt mit nach Hause brachte.

Griffin bot ihrem Vater ein Bier an, gab ihr einen Kuss und flüsterte: »Dein Vater hat gesagt, wenn ich nicht eine ehrbare Frau aus dir mache, bringt er mich um und wirft mich in den Fluss Ottawa.«

»Und was hast du geantwortet?«

»Dass ich den Ring schon gekauft und nur auf den richtigen Zeitpunkt gewartet habe, um dich zu fragen.«

Er ging auf ein Knie und hielt eine offene Schatulle hoch. Er lächelte, als er sagte: »Süße, willst du –«

Sie antwortete mit einem Kuss.

Brandy wachte mit trockenem Mund und nackt in einem Bett auf, das sie aus irgendeinem Grund mit einem riesigen Hund teilte. Das Letzte, woran sie sich erinnerte, war das Feiern bei Maeves spontaner Hochzeit. Griffin hatte ihr die große Frage gestellt, und eine Woche später hatten er und Maeve vor einem Standesbeamten gestanden und ihre Gelübde gesprochen. Dann waren sie zum Feiern in eine Kneipe gegangen.

Nun ja, Brandy und die Jungs aus Griffins Rudel hatten gefeiert, während die Frischvermählten ihr eigenes Ding gemacht hatten.

Das Letzte, woran Brandy sich erinnerte, waren die Kurzen, die sie getrunken hatte.

Und zwar eine Menge davon.

Anscheinend hatte sie auch ein Tierheim aufgesucht und ein Haustier adoptiert. Der große Haufen

Fell, der fürchterlich einem Wolf ähnelte, bewegte sich nicht, als sie sich unter seiner schweren Pfote herauszog.

Wenigstens trug sie noch ihren Slip, was bedeutete, dass sie nicht allzu verrückte Dinge getan hatte. Trotzdem, ein Wolfshund in ihrem Bett? Gut, dass nicht Vollmond war, sonst hätte sie etwas anderes vermutet. Die Sache mit den Lykanern war ihr von Ulric und Quinn erklärt worden. Laut ihnen konnten nur Männer verwandelt werden und brauchten für gewöhnlich den Mond, um das zu tun.

Ich frage mich, was mich geritten hat, einen Hund zu adoptieren. Sie hatte nicht gedacht, dass sie eifersüchtig auf ihre beste Freundin und deren frisch angetrauten Werwolf-Ehemann war.

Nach einem Gang ins Badezimmer war ihre Blase leer. Während sie sich die Zähne putzte, überkam sie die Panik, als sie im Spiegel den halbmondförmigen Biss auf dem oberen Teil ihrer Brust bemerkte. *Moment mal ...*

Als sie aus dem Bad kam, war der Wolfshund weg und ein Mann lag nackt auf ihrem Bett. Und schlecht anzusehen war er auch nicht.

Er öffnete die Augen und blinzelte sie an. »Was zum Teufel ist passiert?«

»Du hast mich gebissen!« Sie zeigte auf die Stelle.

Und wie reagierte er?

»Oh scheiße, ich muss weg.« Der Mann sprang förmlich in seine Klamotten und lief davon.

Sollte er doch gehen. Er würde zurückkommen.

Die Bisswunde zeigte es. Und wenn er nicht zurückkam, wusste sie, wo Detective Billy Gruff arbeitete.

MACHEN SIE SICH BEREIT FÜR BRANDYS GESCHICHTE IM NÄCHSTEN TEIL DER REIHE »DIE GROẞSTADT-LYKANER«.

www.ingramcontent.com/pod-product-compliance
Lightning Source LLC
LaVergne TN
LVHW031539060526
838200LV00056B/4569